Pferde
Freunde fürs Leben

Sternentänzer

Bedrohung für den weißen Hengst

Lisa Capelli

Band 6

PANINI BOOKS

Die Deutsche Bibliothek - CIP-Einheitsaufnahme
Ein Titeldatensatz für diese Publikation ist bei der Deutschen Bibliothek erhältlich.

*Dieses Buch wurde auf chlorfreiem,
umweltfreundlich hergestelltem
Papier gedruckt.*

Sternentänzer, Band 6 – Bedrohung für den weißen Hengst
3. Auflage
Rotebühlstraße 87, 70178 Stuttgart

Chefredaktion: Claudia Weber
Redaktion: Sonja Wittlinger
Lektorat: Helga Kronthaler
Umschlag: tab indivisuell, Stuttgart
Fotos: Juniors; Mauritius
Satz: CB Fotosatz & Werbeproduktion, Fellbach
Druck: Panini S. p. A. Modena, Italien
ISBN 978-3-8332-1193-5

www.panini.de

Bedrohung für den weißen Hengst

In einer stürmischen Vollmondnacht schlägt ein Blitz in eine jahrhundertealte Eiche ein und eine Sternschnuppe fällt vom Himmel. Im gleichen Moment wird ein wunderschöner Schimmel mit einem kleinen schwarzen Stern auf der Stirn geboren.

Neuanfang für Lindenhain

Carolin, genannt Caro, lag ausgestreckt im Gras und kaute in Gedanken versunken an einem Grashalm. Sie beobachtete, wie sich die Kondensstreifen der Flugzeuge am Himmel langsam auflösten, bis sie schließlich, wie von Geisterhand weggezaubert, ganz verschwunden waren. Es war ein herrlicher, sonniger Herbstnachmittag. Der Geruch von Pferden, den Carolin so sehr liebte, durchzog die warme Luft. Plötzlich wurde Carolin jäh aus ihren Träumen gerissen: Feuchte weiche Nüstern kitzelten ihre Wange. Sie zuckte zusammen, musste gleich darauf aber so heftig kichern, dass sie beinahe den Grashalm verschluckte. „Ihhhhh, Sternentänzer, du machst mich ja ganz nass!“

Mit einem Satz war Carolin auf den Beinen und jagte dem wunderschönen weißen Hengst ausgelassen hinterher. Doch bereits nach zwei Runden um die Koppel gab sie auf und sank prustend auf die Knie. „Okay, du hast gewonnen!“ Sternentänzer, dessen milchig weiße Mähne in der Sonne schimmerte wie Seide, blieb vor ihr stehen. Leise schnaubend bewegte er seinen edlen

Kopf auf und ab. Es sah fast so aus, als würde er sie auslachen. Carolin sprang auf und schlang ihre Arme um den Hals des Pferdes. „Aber du hast ja auch vier Beine und ich nur zwei!“, lachte sie und schmiegte sich fest an sein samtweiches Fell. Carolin spürte die Wärme und Weichheit, die von dem Pferdekörper ausgingen, und ein Gefühl tiefer Zufriedenheit überkam sie. Sanft berührte sie den kleinen schwarzen Stern auf Sternentänzers Stirn. „Wenn ich auch vier Beine hätte, hättest du nicht die Spur einer Chance, mein Süßer.“ Kichernd gab sie ihm einen zärtlichen Klaps. Der Hengst setzte sich in Bewegung. Als er sich noch einmal kurz umwandte und sie anblickte, funkelten seine wunderschönen dunklen Augen geheimnisvoll. Dann trabte er anmutig mit hoch erhobenem Schweif davon.

Carolin klopfte sich das Gras von der Hose und kletterte auf das Gatter. Ihr Blick schweifte über den Reiterhof, der direkt vor ihr lag. Dazu gehörten der lang gestreckte hellgelbe Stall mit den blauen Türen und dem Paddock davor, die weiße Reithalle und das große von Linden umsäumte Haupthaus. Daneben die alte Holzbank, der Lieblingsplatz der Hofkatze Eulalia, auf der sie mit Vorliebe ihre erbeuteten Mäuse ablegte, und der kleine Tümpel, in dem sich im Sommer zahlreiche Frösche tummelten. Seit kurzem erhob sich rechts neben dem Haupthaus das neue zweistöckige Gästehaus. Es war terrakottafarben, hatte grüne Fensterläden und eine Holzterrasse. Beim Anblick ihres geliebten Lindenhains machte Carolins Herz vor Freude einen Riesensatz. Seit Carolin elf war, kam sie hierher. Jeden Tag. Na ja, fast!

„Na, Caro, träumst du?“

„Huch!“ Carolin rutschte vor Schreck beinahe vom Holzgatter, als plötzlich eine Stimme neben ihr ertönte. Sie hatte gar nicht bemerkt, dass Gunnar sich genähert hatte. Gunnar Hilmer war der Besitzer von Lindenhain und somit der Big Boss. Jahrein, jahraus, Sommer wie Winter, trug er Cowboyhut und Cowboystiefel. Carolin hatte ihn noch nie anders gesehen.

„Ich freu mich gerade“, strahlte sie ihn an.

„Aha, und worüber?“

„Über Lindenhain und das neue Gästehaus! Und dass hier alles wieder so hübsch ist!“

„Stimmt“, pflichtete ihr Gunnar bei und schob seinen Cowboyhut in den Nacken. „Wir haben eine verdammt harte Zeit hinter uns.“ Gunnar war nach einem Brand, der das Gästehaus in Schutt und Asche gelegt hatte, kurz vor der Pleite gestanden. Um ein Haar hätte er Lindenhain aufgeben müssen! Um ein Haar hätte Sternentänzer sein Zuhause verloren!

Carolin kniff ihre haselnussbraunen Augen zusammen und blinzelte in die Sonne. „Zum Glück haben wir alles überstanden.“

Gunnar nickte. „Ja, Harald von Eschenbach sei Dank.“

Ein Lächeln huschte über Carolins Gesicht. Was für ein Riesenglück war es doch gewesen, dass sie diesem Mann über den Weg gelaufen war! Carolin hatte gemeinsam mit ihrer besten Freundin Lina die Sommerferien in Berlin verbracht und dort an einem Distanzreitturnier teilgenommen. Dabei war sie Harald von Eschenbach aufgefallen, der junge begabte Nachwuchsreiter aufspürte und förderte. Er hatte Carolin wegen ihres Talents angesprochen, wollte sie trainieren lassen und auf Turniere schicken. Und dann war der noble Herr von Eschenbach genau in dem Moment auf Lindenhain aufgetaucht, als Gunnar mit dem Banker die letzte Kreditverhandlung geführt hatte.

„Der Bankmensch guckte wie ein Auto, als der Eschenbach plötzlich mit seinem dicken dunkelblauen Schlitten auf den Hof rollte. Und kaum war er ausgestiegen, plapperte er schon los von idealem Gelände, Turnierritten und großen Erfolgen." Gunnar grinste. „Das hat den Banker schwer beeindruckt."

„Dich aber auch, stimmt's?", gab Carolin schmunzelnd zurück.

„Wohl wahr! Erst war ich platt wie eine Flunder, dann dachte ich nur, diesen Menschen schickt der Himmel. Und als die Bank kurz darauf den Kredit bewilligte, wusste ich, so sehen Engel aus."

Carolin prustete los. „Und ich dachte immer, Engel haben lange goldene Locken und tragen weite weiße Gewänder ..."

Plötzlich drangen laute Rufe an ihr Ohr. „Gunnar! Telefon!", brüllte Vicky, Gunnars bessere Hälfte, vom Haupthaus zu ihnen herüber. Sie stand im Eingang und fuchtelte wild mit den Armen in der Luft herum, wie eine Schiffbrüchige, die einen Hubschrauber gesichtet hat.

„Prima." Gunnar rieb sich freudig die Hände. „Vermutlich die nächste Anmeldung. Wenn das so weitergeht, sind wir in den nächsten Wochen bald komplett ausgebucht." Er seufzte tief. „Zum Glück hab ich mich mit

Vicky wieder versöhnt. Erst als meine Liebste weg war, wurde mir klar, wie sehr ich sie brauche! Wenn nur bloß ihre selbst gebackenen Kuchen nicht wären, die sind nämlich eine Strafe!"

Carolin hopste vom Gatter und klopfte Gunnar mitleidig auf die Schulter. „Du Ärmster", bedauerte sie ihn aufrichtig. Denn Vickys Kuchen waren wirklich ungenießbar. Sie schaffte es sogar, fertige Backmischungen komplett zu verunstalten.

„Sag mal, Gunnar, wann kommt denn eigentlich mein Trainer?", erkundigte sich Carolin. Harald von Eschenbach hatte inzwischen tatsächlich einen Privattrainer organisiert, um sie fürs Turnierreiten fit zu machen.

Gunnar zuckte mit den Schultern. „Schätze morgen. Aber von Eschenbach wollte sich nochmals melden und Bescheid geben."

Carolin versenkte die Hände tief in die Hosentaschen. „Ich bin ja schon super gespannt auf den Typen. Hoffentlich ist er in Ordnung. Aber Leute, die gut mit Pferden umgehen können, sind ja meistens okay!"

„Nachdem von Eschenbach große Pläne mit dir hat, ist er ganz bestimmt ein guter Trainer."

„Weißt du denn schon, wie er heißt?", bohrte Carolin neugierig weiter.

„Timo Hausmann."

„Timo. Klingt ja eigentlich ganz nett. Hm. Ein bisschen wie Nick. Vielleicht ist er ja so wie Nick?" Carolin sah Gunnar ernst an. „Hast du denn mal wieder was von ihm gehört? Von Nick, meine ich?"

„Nee", brummte Gunnar nur kurz. Dann schob er den

Cowboyhut wieder auf seinen Kopf und lief zurück zum Haupthaus, wo ihn die immer noch winkende Vicky empfing.

Nick. Der Mann auf Lindenhain für alles und Carolins bester Kumpel. Als Gunnar nach dem Brand alles schleifen ließ, nur rumhing und auch einige Monatsgehälter schuldig blieb, hatte Nick nach einem Streit mit ihm Lindenhain wütend und traurig verlassen. Das war nun schon einige Zeit her. Carolin vermisste Nick jeden Tag mehr. Sie blickte zum Stall und sah ihn in Gedanken dort stehen. In seinem dunkelblauen Overall. Mit den kurzen blonden Haaren, die in der Sonne leuchteten. Seine samtbraunen Augen, die meist humorvoll blitzten. An seinem Arm hing ein Korb, in dem Striegel, Kamm und Lappen lagen. Doch die Einbildung hielt nur einen Wimpernschlag lang an. Dann war Nick wieder verschwunden. Enttäuscht wandte sich Carolin ab.

„Guten Morgen, mein Schatz, aufstehen!" Carolins Mutter platzte ins Zimmer, marschierte schnurstracks zum Fenster und zog mit zwei raschen kräftigen Bewegungen die Jalousie nach oben. Im Halbschlaf drehte sich Carolin zur Wand und zog sich die Decke über den Kopf. „Beeil dich, es ist schon spät!", fügte Ines beim Hinausgehen hinzu und lehnte die Tür nur an.

Carolin lebte mit ihrer Mutter Ines Baumgarten allein in einer Doppelhaushälfte in der Breitensteinstraße 9 in Lilienthal. Paul Baumgarten, ihr Vater, war vor ein paar

Jahren von zu Hause ausgezogen. Damals hatte er sich Hals über Kopf in Rosanna, seine rothaarige Sekretärin, verliebt. Carolin hatte am Anfang schrecklich unter der Trennung ihrer Eltern gelitten, aber mittlerweile kam sie gut damit klar. Inzwischen waren die beiden auch glücklich geschieden, wie Ines immer wieder betonte. „Was bin ich froh, dass wir diesen Chaoten los sind!“, erklärte sie jedem, der es hören wollte - oder auch nicht.

„Ich mag nicht aufstehen“, murmelte Carolin. Doch im nächsten Moment fiel ihr ein, dass ja heute der neue Trainer kommen sollte. Es versprach also ein spannender Tag zu werden. Voll Elan strampelte Carolin die Decke weg und hopste aus dem Bett. Im Bad putzte sie sich ausgiebig die Zähne, beließ es ansonsten aber bei einer Katzenwäsche und fuhr nur rasch mit der Bürste einmal durch ihre kurzen kastanienbraunen Haare. Geschwind schlüpfte sie in eine Jeans, zog einen blauen Pulli über und flitzte hinunter in die Küche. Ines saß am Küchentisch - außer ein paar vorwitzigen Haarspitzen, die hinter ihrer Zeitung keck in die Höhe standen, war von ihr allerdings nichts zu sehen. Carolin kicherte. So ganz hatte sie sich noch immer nicht an die neue Kurzhaarfrisur ihrer Mutter gewöhnt.

Auf dem gedeckten Frühstückstisch standen ein Korb mit Brötchen, Aprikosenmarmelade und Butter, die ganz weich war und speckig glänzte. Carolin rümpfte die Nase. „Gibt's heute gar kein Müsli?“

„Sorry, Schatz, bin nicht zum Einkaufen gekommen“, murmelte Ines, nippte an ihrer Kaffeetasse und vertiefte sich wieder in ihren Blätterwald.

„Haben wir dann wenigstens noch Schokocroissants?“

„Leider nicht. Aber ich hab dir die Brötchen von gestern aufgebacken.“

Und Aprikosenmarmelade. Ausgerechnet Aprikosenmarmelade! Carolin hasste schleimig gelbe Aprikosenmarmelade. Wenn schon Marmelade, dann wenigstens rote wie Erdbeer- oder Himbeermarmelade, notfalls auch Kirschmarmelade. Und dann die glänzende Butter, die fast aussah wie Sternentänzers Huffett. Carolin beschloss das Haus ohne Frühstück zu verlassen. Wozu lag schließlich die Bäckerei Bauer, in der es die besten Schokocroissants der Welt gab, auf ihrem Schulweg?

Als Carolin an der Kirche vorbeiradelte, sprang der Uhrzeiger gerade eine Minute weiter. Fast zur gleichen Zeit begann am Bahnübergang das Rotlicht hektisch zu blinken. *Mist!*, dachte Caro, bremste ab und rollte langsam auf die sich senkende Schranke zu. Kurz davor setzte sie beide Beine auf den Asphalt und bewegte sich die letzten Meter bis zum Übergang tapsend vorwärts. Die Bahnschranke, die Lilienthal in zwei Hälften teilte, gehörte zu Carolins Orakeln. Blieb sie offen, versprach es ein guter Tag zu werden. War sie so wie heute geschlossen, bedeutete das nichts Gutes. *Hoffentlich hat das nichts mit dem neuen Trainer zu tun,* überlegte Carolin, während sie das Schokocroissant aus der Bäckertüte kramte und hineinbiss.

Zwanzig Minuten später parkte sie ihr Rad auf dem

Schulhof. Wie meistens, wenn die Schranke geschlossen war, huschte Carolin gerade noch im letzten Moment ins Klassenzimmer.

Armin Pfefferbeißer, ihr Klassenlehrer, war schon da. Er saß lässig auf dem Lehrerpult und putzte seine neue Nickelbrille mit dem blutroten Rahmen.

„Puh!“ Carolin ließ sich auf den Platz neben Lina fallen. „Die Schranke war wieder mal dicht“, japste sie völlig außer Puste.

Lina Schniggenfittich war Carolins beste Freundin. Sie trug meist weite geblümte Röcke, dicke Schnürstiefel und ihre wilde ungebändigte Lockenmähne fiel ihr bis über die Schultern. Doch auch sonst war Lina recht ungewöhnlich. „Heute ist ja dein großer Tag“, begrüßte sie Caro.

„Mhm.“ Carolin verputzte den letzten Rest ihres Schokocroissants. „Bin schon total gespannt auf den Trainer.“

„Was trainierst du denn?“, meldete sich Julia Schlupf von der Bank hinter ihnen. Sie grinste frech und deutete auf den Schokorand um Carolins Mund. „Wie esse ich Schokocroissants, ohne mir dabei den Mund zu verschmieren und wie ein Kleinkind auszusehen?“

„Haha, sehr witzig“, gab Carolin zurück und wischte rasch mit dem Ärmel über ihren Mund.

Julia gehörte zusammen mit Luisa, Heike und Tina zu ihrer Schulclique. Julias Eltern besaßen eine Strumpffirma und hatten Geld wie Heu, was Julia immer wieder raushängen ließ. Dadurch wirkte sie oft recht arrogant, obwohl sie im Grunde ganz in Ordnung war. Meistens zumindest.

„Ich bekomme einen Reittrainer", erklärte ihr Carolin. „Nur für mich."

„Dachte, du kannst schon reiten", lästerte Julia fröhlich weiter.

Lina verdrehte genervt die Augen und wandte sich um. „Zick, zick! Hast du dir mit den Lockenwicklern die Haare verbrannt, ist dein Nagellack ausgelaufen oder was ist dir für eine Laus über die Leber gelaufen?" Von Anfang an waren die zwei Mädchen, Lina und Julia, nicht miteinander klargekommen. Die stets von Kopf bis Fuß tipptopp durchgestylte Julia hatte auch nie einen Hehl daraus gemacht, dass sie Lina, die immer in ihren komischen Klamotten rumlief und deren Eltern in einem Wohnwagen wohnten, nicht ausstehen konnte.

„Wer redet eigentlich mir dir, Schniggenfittich?" Julia warf Lina unter ihren perfekt getuschten Wimpern einen betont gelangweilten Augenaufschlag zu.

Um zu verhindern, dass Julia und Lina heftiger aneinander gerieten, mischte sich Carolin rasch ein. „Der Trainer soll mit mir Distanzreiten trainieren", erklärte sie Julia betont sachlich. Es nervte sie jedes Mal gewaltig, wenn die beiden Zoff hatten. Lass dich einfach nicht von ihr provozieren und ignorier ihre fiesen Bemerkungen, betete sie Lina dann stets vor.

Julia schaltete um auf Plauderton. „Ich hab dir ja erzählt, dass ich in den Ferien Reitunterricht hatte. In dieser superschicken Klubanlage in der Türkei. Auf einem wunderschönen Andalusier."

„Das arme Pferd ist vermutlich traumatisiert fürs Leben", grinste Lina.

Julia beachtete sie gar nicht und fuhr fort: „Ich fand's so klasse, dass ich mir schon mehrmals überlegt habe, damit weiterzumachen."

Da ertönte der Schulgong. Pfefferbeißer, der seine Brillenputzaktion inzwischen beendet hatte, blickte munter und gut gelaunt in die Klasse. „Wenn wir dann vollzählig sind, können wir ja mit dem Unterricht beginnen."

Nach der Schule stand Lina unentschlossen neben Carolin am Fahrradständer. „Um wie viel Uhr soll der Knabe denn kommen? Ich hab nämlich nicht den ganzen Tag Zeit."

„Aber dich plagt die Neugier." Carolin grinste. „Weißt du was, ich ruf Gunnar einfach kurz an und frag ihn." Sie holte ihr Handy heraus, das sie kürzlich von ihrem Vater bekommen hatte. Immer wenn Paul das schlechte Gewissen plagte, weil er so wenig Zeit für sie hatte, versuchte er das mit einem teuren Geschenk gut zu machen. „Noch alles unklar", seufzte Carolin, nachdem sie das Gespräch beendet hatte. „Er hat noch einige Termine in Berlin und weiß noch nicht, wie er es schafft. Vielleicht morgen."

Lina zog ein langes Gesicht. „Och nee, der macht's aber spannend."

„Echt doof!" Carolin packte das Handy in ihre Tasche. „Diese Warterei ist ja schlimmer als an Weihnachten."

Da kam Lina eine Idee. „Du kennst doch sicher seinen Namen."

„Klar. Er heißt Timo Hausmann."

Lina kickte eine leere Dose weg. „Lass uns doch im Internet nachschauen. Wenn er wirklich so supergut ist, finden wir da sicher was über ihn."

„Stimmt, da hätte ich doch glatt auch draufkommen können. Von Eschenbach meinte, er sei einer der Besten. ‚Timo macht dich zum Superstar in der Distanzreiterklasse', sagte er wortwörtlich."

Lina pustete eine dicke Locke weg, die vorwitzig in ihr Gesicht baumelte. „Also, dann mal los!"

Keine zwanzig Minuten später hingen die beiden vor dem Computer in der Bücherei im Peterbergweg.

„So, und jetzt gib seinen Namen in die Suchmaschine ein, Timo Hausmann", dirigierte Lina.

„Oh nee", ächzte Carolin, während sie die Ergebnistreffer checkte. „Hausmanns gibt's wie Sand am Meer. Leander Hausmann, Günther Hausmann. Timo Hildebrandt, aber keinen Timo Hausmann."

„Versuch's doch mal mit ‚Distanzreiten' und ‚Trainer'. Vielleicht haben wir da mehr Glück", schlug Lina vor.

„Jede Menge Infos zum Distanzreiten und null Komma gar nix zu einem Trainer namens Timo Hausmann."

Lina lehnte sich zurück und wickelte eine Haarsträhne um ihren Finger. „Schon etwas merkwürdig, oder?"

„Wie meinst du das?" Carolin klickte sich durch die zahlreichen Seiten.

„Wenn der Typ wirklich der Superüberknaller ist, wie von Eschenbach sagt, warum taucht er dann nirgends auf? Warum hat er keine eigene Homepage, auf der er alle Lobeshymnen über sich veröffentlicht?"

„Tja." Carolin zuckte die Schultern. „Vielleicht steht er nicht auf Publicity? Vielleicht befürchtet er, dass die Leute ihm sonst die Bude einrennen? Vielleicht ist er so gut, dass er gar keine Werbung braucht?"

„Schon möglich", murmelte Lina wenig überzeugt. Sie schulterte ihren Rucksack. „Ich hau dann mal ab, Caro! Wir sehen uns morgen in der Schule."

„He, warte mal! Wo musst du denn eigentlich so dringend hin?" Carolin erwischte die Freundin gerade noch am Jackenärmel.

„Nach Hause."

„Mach's doch nicht so spannend! Sag, was hast du vor?"

Lina riss sich los. „Nichts Besonderes", antwortete sie kurz angebunden und weg war sie.

Nach dem Besuch in der Bücherei radelte Carolin nach Lindenhain. Oder vielmehr, sie raschelte nach Lindenhain. Denn am Straßenrand stapelten sich kniehoch Berge von Herbstlaub und es machte ihr großen Spaß, mit dem Fahrrad durchzusausen. Carolin mochte es, wenn sich im Herbst die Bäume bunt färbten. Ganz besonders liebte sie die roten Blätter. Aber auch die kunterbunten, die aussahen, als habe sich die Natur nicht entscheiden können und daher die verschiedensten Farben auf ein Blatt geklatscht.

Auf Lindenhain kam ihr Hofhund Herr Maier schwanzwedelnd entgegen. Er schien ebenfalls bester

Laune zu sein. Carolin kraulte ihn zur Begrüßung zwischen den Ohren, Herr Maier knurrte genüsslich. „Na du, alles klar? Wo sind denn Carolina und die anderen Hundchen?“

Wie auf Kommando kam Carolina aus der Hundehütte geschossen und drückte sich fest an Carolins Beine. Sie wollte wohl auch gekrault werden! Carolin knuddelte sanft die langen wuscheligen Hängeohren der Hundedame. „Süßes Carolinchen.“

Da kam Vicky um die Ecke gebogen. „Hi Caro.“

„Hi Vicky.“ Carolin nahm Carolina auf den Arm und kraulte sie weiter. „Echt doof, dass dieser Timo Hausmann heute nicht kommt. Ich bin allmählich richtig heiß auf das Training.“

Vicky lachte und deutete mit dem Daumen Richtung Haupthaus. „Rat mal, wer bereits in Gunnars Büro sitzt.“

„Was?“ Vor Schreck hätte Carolin beinahe Carolina fallen lassen. „Gunnar sagte mir vorhin am Telefon, es sei noch überhaupt nicht klar, wann er kommt.“

Vicky zuckte die Schultern. „Wie's aussieht, hat er wohl ganz spontan seine Meinung geändert, die Termine verschoben und sich hierher auf den Weg gemacht.“

Carolin setzte den Hund ab und wollte gleich ins Büro stiefeln. Seit Tagen fieberte sie darauf, ihren Trainer kennen zu lernen. Doch Vicky hielt sie am Arm zurück. „Er ist grad angekommen. Die beiden haben noch ein paar Dinge zu besprechen.“

„Manno!“, moserte Carolin ungehalten. Sie fühlte sich fast wie am allerersten Schultag. Man stand vor einem hohen, großen Gebäude und hatte keine Ahnung, was einen da drin erwartete. Man wusste nur, man würde verdammt viel Zeit dort verbringen.

Vicky schnalzte mit der Zunge. „Das ist die Ungeduld der Jugend."

„Hast du ihn denn schon gesehen?", wollte Carolin mit großen Augen wissen.

Vicky nickte nur.

„Und? Wie ist er? Komm, sag schon, ist er nett? Doof? Jung, alt?" Carolin hüpfte aufgeregt hin und her wie ein Gummiball.

Vicky runzelte die Stirn. „Tja, ehrlich gesagt, mein Fall ist er nicht so ganz, aber muss ja auch nicht. Hauptsache, er ist ein guter Trainer. Du lernst ihn ja bald kennen, dann kannst du dir dein eigenes Bild machen!"

Trainer oder Popstar?

„Hallo, Carolin."

„Hallo, Herr Hausmann."

„Du kannst ruhig Timo zu mir sagen."

„Hallo, Timo." Carolin musterte den Mann, mit dem sie in den nächsten Monaten viel Zeit verbringen sollte. Er war noch recht jung. *Mitte zwanzig,* schätzte Carolin. Zirka 1,80 Meter groß und breitschultrig, hatte dunkles Haar und grüne Augen. Froschgrüne Augen, um genau zu sein. Wenn er lachte, blitzte eine Reihe hollywoodweißer Zähne in seinem Mund. *Bestimmt gebleacht,* schoss es Carolin durch den Kopf. Seine Haut war knackig braun, so als käme er direkt aus dem Urlaub. *Sonnenbank,* vermutete Carolin. Er trug eine edle Jeans mit einem dicken Marken-Label am Hosenbund und sein dunkelblaues Polo-Shirt zierte ein kleines Krokodil auf der Brust. *Und schweineteure Klamotten!* Carolin dachte voller Wehmut an Nick. *Nick! Wo bist du?*

Timo klopfte ihr auf die Schulter. „Tja, Carolin, ich bin sicher, wir werden viel Spaß zusammen haben."

„Ja“, murmelte Carolin, war sich dessen aber überhaupt nicht sicher.

„Ach Timo“, unterbrach Vicky die Begrüßung. „Ich wollte dir ja noch dein Zimmer zeigen. Kommst du gleich mit?“

„Na klar.“ Mit großen Schritten folgte Timo Vicky zum Gästehaus. „Wir sehen uns dann morgen zum ersten Training. Dann will ich mal sehen, wie es um deine Reitkünste steht und wie fit dein Pferd ist. Also, Punkt zwei Uhr vor dem Stall!“, rief er Carolin noch zu und weg war er.

Carolin blieb mit Gunnar zurück.

Gunnar rieb sich die Hände. „Macht doch einen ganz patenten Eindruck, der Junge!“

„Ich weiß nicht“, gab Carolin leicht irritiert zurück. „Scheint ein richtiger Schickimicki-Yuppie zu sein. Vom Aussehen her passt er eher in eine Boygroup als auf einen Reiterhof.“

Gunnar legte den Arm kameradschaftlich um Carolin und versuchte sie aufzumuntern. „Mensch, Caro! Du gibt's doch sonst nichts auf Äußerlichkeiten. Wart's mal ab, bis du ihn morgen in Reitklamotten siehst. Wenn von Eschenbach ihn für so top hält, wird er es wohl auch sein. Gib ihm eine Chance!“, sagte er eindringlich. In seinem Blick konnte Caro aber noch etwas ganz anderes lesen: Du weißt genau, dass ich diesen Kredit für Lindenhain von der Bank nur wegen von Eschenbach bekommen habe. Er hat diesen Bankmenschen mit seinem überschwänglichen Gerede, dass er dich als Talent fördern und groß rausbringen will und zu welchem Ansehen dies dem Hof verhelfen wird, mächtig beeindruckt. Und liebe Carolin, du weißt auch, wie dringend wir auf dieses Geld angewiesen waren, Lindenhain stand praktisch vor dem Ruin. Also mach das Beste draus und gewinne möglichst viele Turniere!

Carolin nickte. „Du hast ja Recht. Ich muss wirklich das erste Training abwarten und mir erst dann mein Urteil bilden.“ Sie beschloss die warnende Stimme, die sich ganz tief in ihrem Inneren zaghaft zu Wort gemeldet hatte, zu ignorieren. Wie gerne hätte sie über den neuen Trainer jetzt mit Nick gesprochen! Dem Menschen, dem sie nach Lina am meisten vertraute. Nick war auch der Erste gewesen, dem sie Sternentänzers großes Geheimnis verraten hatte. *Nick, du Idiot! Warum bist du nicht da? Jetzt, wo ich dich so dringend brauchen würde.*

Gunnar klopfte ihr auf die Schulter. „Na also, das ist meine Caro.“

Carolin lief in den Stall, wo ihr Sternentänzer schon freudig entgegenwieherte. Sie öffnete die Box und strich über seine samtzarten Nüstern. „Hallo, Turnierpferd! Wir beide werden alles gewinnen, was es an Preisen zu holen gibt. Stimmt's, mein Süßer?“, murmelte Carolin wild entschlossen. Wie zur Bestätigung warf Sternentänzer seinen Kopf auf und ab. „Und jetzt, Turnierpferd, machen wir dich hübsch.“ Carolin holte das Putzzeug und bearbeitete Sternentänzers weißes Fell mit Striegel, Bürste und Kardätsche, bis es glänzte wie Seide.

Als Carolin am Abend nach Hause kam, durchstöberte sie heißhungrig die Küche. Ihr Bauch knurrte so laut, dass sie fast selbst erschrak. Von Ines war weit und breit keine Spur zu sehen. Nicht mal einen Zettel mit einer Nachricht hatte sie ans Marmeladenglas geklebt, wie sie es sonst immer tat. Der Kühlschrank war leer und im Küchenschrank stapelten sich lauter unbrauchbare Lebensmittel: Linsen, Chilischoten, rote und helle Cornflakes, Soßenpäckchen und Aprikosenmarmelade. Carolin hatte schon die Hoffnung aufgegeben, da grub sie völlig unerwartet noch eine große Tüte halb zerdrückter weißer und rosa Marshmallows aus, die sie in heiße Schokolade getaucht, verzehrte. Gerade als sie das letzte verdrückt hatte, rauschte Ines durch die Tür. Mit genervtem Blick und bis oben hin voll bepackt mit Einkaufstüten! Ihre kurzen Haare standen kreuz und quer in die Luft. Offenbar hatte Ines das Styling ihrer neuen Frisur noch nicht so ganz im Griff.

„Hi Mam."

„Hi Schatz. Sorry, ich bin spät dran. Der Feierabendverkehr wird immer schlimmer. Außerdem war heute bei uns im Büro die Hölle los. Du hast bestimmt Hunger! Ich mach uns gleich was Leckeres."

Carolin mit ihrem übervollen Marshmallow-Bauch schüttelte den Kopf. „Keinen Hunger."

Ines stellte die Tüten ab. „Echt? Ich eigentlich auch nicht." Sie strich ihrer Tochter zärtlich über die Haare. „Morgen Mittag zaubere ich uns mal wieder ein richtig schönes Essen. Einverstanden?"

„Ich muss morgen gleich nach der Schule nach Lindenhain. Du weißt doch, mein Training."

Ines sah sie an wie ein Auto. „Welches Training?“

Carolin verdrehte die Augen. „Reittraining! Distanzreittraining!“

„Reittraining“, wiederholte Ines so bedächtig, als würde sie das Wort zum ersten Mal in ihrem Leben hören. „Das ist doch sicher sehr teuer. Das können wir uns doch gar nicht leisten, Schatz.“ Seit der Trennung von Paul war es mit dem Geld knapp im Hause Baumgarten. Ines arbeitete zwar halbtags bei einem Rechtsanwalt, doch große Sprünge konnten sie sich keineswegs erlauben.

„Das darf doch wohl nicht wahr sein. Mam! Sag mal, hörst du mir eigentlich nie zu, wenn ich dir was erzähle?“

„Was meinst du?“ Ines' Blick fiel im Vorbeigehen in den Spiegel und sie seufzte ihrem Spiegelbild zu.

„Okay, Kurzfassung“, erklärte Carolin geduldig. „Als ich in den Sommerferien mit Lina in Berlin war, um Silberstern, Sternentänzers Fohlen, in einer Herde unterzubringen, da hab ich an einem Distanzreitturnier teilgenommen und ziemlich gut abgeschnitten.“

„Ich weiß, deine Urkunde sehe ich jeden Tag in deinem Zimmer“, sagte Ines.

„Bei diesem Turnier hat mich ein Talentsucher, Harald von Eschenbach, entdeckt. Er will mein Reittalent fördern und hat mir einen Trainer spendiert. Und der ist heute auf Lindenhain eingetroffen. Morgen beginnt meine erste Stunde.“

Ines begann ihre Tüten auszupacken und die Einkäufe in die Küchenschränke zu verteilen. „Das ist ja alles schön und gut, Caro, aber was ist mit der Schule?“

Schule? Carolin verdrehte die Augen. Da erzähl ich meiner Mutter von einem der wichtigsten Ereignisse in meinem Leben und ihr fällt tatsächlich nichts anderes ein als mich nur nach der Schule zu fragen!!!

„Du verbringst für meinen Geschmack jetzt schon viel zu viel Zeit mit deinen Pferden. Ich will nicht, dass die Schule darunter leidet." Ines zog eine Schokomüslischachtel und Schokocroissants zum Aufbacken aus einer Tüte. Carolin atmete erleichtert auf. Das Frühstück war wenigstens in den nächsten Tagen gesichert.

„Die Schule leidet nicht!"

„Ach ja?"

„Ja!"

„Caro, wenn ich merken sollte, dass du die Schule vernachlässigst, ist sofort Schluss mit dem Training. Haben wir uns verstanden?"

„Jaahaa."

„Es sei denn, du willst mal als Pferdepflegerin enden." Ines knüllte die erste leere Tüte geräuschvoll zusammen.

Pferdepflegerin. Es war die Art, wie sie es sagte. So verächtlich, als würde es gleich nach Kanalreiniger oder Straßenkehrer kommen. *Was wäre denn so schlimm daran?* Carolin lehnte am Küchentisch und beobachtete ihre Mutter beim Leeren der zweiten Tüte. *Ines hat mit Pferden überhaupt nichts am Hut. Sie war noch nie mit auf Lindenhain. Doch, gut, beim allerersten Mal. Wenn ich von Pferden erzähle, hört sie mir nie wirklich zu. Ob sie vielleicht Angst vor Pferden hat? Mal runtergefallen ist? Getreten oder gebissen wurde? Komisch. Ich muss sie mal fragen,* beschloss Carolin.

„Hallo, Caro, träumst du?“, schreckte Ines’ Stimme sie aus ihren Gedanken hoch.

„Ja, was gibt’s denn, Mam?“

„Ich hab dich gefragt, ob du deine Hausaufgaben schon gemacht hast?“

„Ähem ...“

Ines hatte inzwischen sämtliche Einkäufe verstaut und räumte nun die Tüten in die Krimskramsschublade neben dem Kühlschrank. „Siehst du, Caro, es geht schon los!“

„Ich mach schon! Hab auch gar nicht viel auf!“ Carolin schnappte sich noch schnell einen Apfel aus dem Obstkorb im Wohnzimmer, dann sauste sie blitzartig nach oben.

Anders als erwartet, bereitete Carolin das Training in den nächsten Tagen richtig viel Spaß. Sie genoss es in vollen Zügen, mit Sternentänzer über Stock und Stein, über abgeerntete Felder und durch Wälder, zu jagen. Die Umgebung von Lindenhain war auch optimal zum Distanzreiten geeignet, denn sie bot die unterschiedlichsten Geländeformen. Nur das viele Pulsmessen und Zeitnehmen wurde ihr mit der Zeit ein bisschen lästig. Timo hatte seinen Dressmanlook mit Reitklamotten getauscht und schien doch nicht so übel zu sein, wie sie auf den ersten Blick befürchtet hatte. *Man darf sich nicht von Äußerlichkeiten täuschen lassen,* ging es Carolin durch den Kopf, als sie gemeinsam mit Timo wieder von einem wunderschönen ausgedehnten Ritt zurückkam.

„Chapeau, Respekt! Du wirst jeden Tag besser, Carolin", lobte Timo sie und zeigte dabei sein strahlendes Hollywoodlächeln.

„Danke", schnaufte Carolin, beugte sich erschöpft über Sternentänzer und streckte alle viere von sich. „Mann, bin ich fertig!"

Timo hielt Sternentänzer mit einer Hand am Zügel, mit der anderen tätschelte er seinen Rücken. „Harald hatte schon immer einen guten Riecher."

„Harald?" Carolin schwang sich von Sternentänzers Rücken.

„Harald von Eschenbach. Du bist eines der größten Talente, die ich in den letzten Jahren trainieren durfte", sagte Timo und sah sie mit seinen grünen Augen an. *Komisch,* überlegte Carolin. *Warum wird mir immer ein bisschen kalt, wenn ich in seine Augen blicke?* „Und dein Pferd", er tätschelte Sternentänzers Hals, „dein Sternentänzer ist Spitzenklasse, echt top! So einen prächtigen Araber habe ich schon lange nicht mehr zu Gesicht bekommen. Du bekämst ein Vermögen, wenn du ihn verkaufen würdest."

Carolin fuhr aufgebracht herum. „Ich würde meinen Sternentänzer nie im Leben verkaufen! Niemals! Für kein Geld dieser Welt!"

Timo hob beschwichtigend die Hände. „Schon gut. Musst du ja auch nicht. Kein Grund, gleich wütend zu werden."

Sternentänzer verkaufen. Eher friert die Hölle ein!

Nach all den Abenteuern, die sie mit dem weißen Hengst erlebt hatte. Die schreckliche Angst, die sie ausgestanden hatte, als sein früherer Besitzer Frank Stone ihn entführt hatte, weil er Sternentänzers Geheimnis enthüllen wollte. Und wie überglücklich war sie gewesen, als Sternentänzer endlich ihr gehörte und Frank Stone eingesperrt wurde. Nein, Sternentänzer war kein gewöhnliches Pferd! Er verfügte über eine ganz besondere Gabe. Eine magische Gabe. Wer sein Vertrauen besaß und bei Vollmond auf ihm ritt, konnte einen Blick in die Zukunft werfen.

„Nächsten Monat steht deine erste Feuerprobe an", riss Timo sie aus ihren Gedanken.

„Was denn für eine Feuerprobe?"

„Dein erstes Turnier, bei dem du Schleifen gewinnen sollst."

„Nächsten Monat schon", murmelte Carolin kleinlaut.

„Du bist in Topform, Kleine. Du schaffst das, da bin ich mir völlig sicher!"

Carolin hasste es, wenn Timo sie *Kleine* nannte. „Na dann, *Großer*!"

Auf einmal kam ihr ein schrecklicher Gedanke. „Timo, bedeutet das etwa, dass wir nach Berlin fahren müssen?" Das allererste Turnier ihres Lebens war Carolin in einem stinknoblen Reiterklub in Berlin geritten.

„Keine Sorge!" Carolin musste wohl ziemlich erschrocken dreingeschaut haben, denn Timo fügte gleich beruhigend hinzu: „Das Turnier findet ganz in der Nähe von Lilienthal statt. Auf dem Reiterhof Espenlaub."

„Puh!", schnaubte Carolin erleichtert. „Ich hätte echt

keine Lust gehabt, mit Sternentänzer im Anhänger durch die Gegend zu zuckeln."

Timo nahm vorsichtig die Reiterkappc von seinen gegelten Haaren. „Du kannst also all deine Freunde zum Anfeuern mitnehmen!"

Alle – bis auf einen, dachte Carolin traurig. *Alle – bis auf Nick!*

Eine Enttäuschung kommt selten allein

Es gibt Zeiten, da ist man so mit sich beschäftigt, dass man die wirklich wichtigen Dinge im Leben aus dem Blickwinkel verliert. Seit Timo auf Lindenhain war, hatte Carolin so viel und ausdauernd trainiert, dass für etwas anderes kaum noch Zeit blieb. Nicht einmal für ihre beste Freundin Lina. Nach dem Nachmittag in der Bücherei hatte sie Lina nur noch in der Schule getroffen. Mit dem ersten Klingeln war die nun immer sofort mit fliegenden Locken und Röcken aus dem Klassenzimmer gerauscht, was sonst gar nicht ihre Art war. *Hätte mir längst auffallen müssen, dass Lina immer gleich losdüst. Ich muss sie fragen, was los ist!* Und gleich in der Pause knöpfte sich Carolin die Freundin vor. „Lina, du bist so komisch in letzter Zeit. Ist alles klar bei dir?“

Die beiden Mädchen hockten nebeneinander auf der Schulhofmauer und ließen ihre Beine baumeln.

„Sicher, wieso?“

„Ich seh dich kaum noch. Nach der Schule haust du immer gleich ab und auf Lindenhain warst du auch schon ewig nicht mehr.“

Lina kramte ein Brot aus ihrem Rucksack. „Doch, war ich. Erst vor ein paar Tagen. Aber du warst trainieren, sagte mir Vicky."

Carolin nickte. „Ja, wir sind ständig draußen im Gelände und trainieren. Timo ist superstreng, ein echter Sklaventreiber."

„Macht's dir denn Spaß?" Lina biss in ihr Brot.

„Schon. Aber hin und wieder würde ich lieber mit Sternentänzer einfach so zum Spaß über die Wiesen galoppieren. Jetzt geht's ständig um Checks, um Atmung, ums Pulsmessen und Abkühlen." Carolin seufzte. „Manchmal wünsche ich mir, ich könnte mit Sternentänzer wieder so unbeschwert ausreiten wie früher. Nur er und ich."

„Wenn du das Turnier gewinnst, hast du doch bestimmt erst mal Ruhe", fragte Lina weiter.

Carolin zuckte mit den Schultern. „Hoffentlich. Aber es ist alles nicht mehr so locker wie früher. Vor allem seit Nick weg ist. Er fehlt mir total. Lindenhain ohne Nick, das ist wie ein Sommer ohne Sonnenschein."

Lina knüllte das Packpapier zusammen und feuerte es in den Papierkorb. „Treffer! Versenkt! Hat Gunnar eigentlich mal wieder was von ihm gehört?"

„Keine Ahnung, er spricht nicht über ihn."

„Aber er weiß, wo er ist?"

„Nick arbeitet auf dem Reiterhof Espenlaub."

„Na und?"

„Wie, na und?"

„Frag ihn doch einfach, ob er nicht nach Lindenhain zurückkommen will. Jetzt, nachdem Gunnar wieder flüssig ist und auch das neue Gästehaus steht!"

Carolin sah die Freundin mit großen Augen an. „Bingo. Hätte ich eigentlich auch selbst draufkommen können. Am besten gleich heute nach der Schule. Komm doch mit, Lina! Lass uns mal wieder was zusammen machen!“

Lina schüttelte den Kopf. „Geht leider nicht, ich muss gleich nach der Schule heim.“

Gunnar weigerte sich strikt mit Carolin zum Reiterhof Espenlaub zu fahren. „Ich lauf dem doch nicht nach“, schimpfte er. „Der wollte doch unbedingt weg und hat hier alles hingeschmissen. Ihm hat’s bei uns nicht mehr gefallen!“

„Gunnar, sei nicht ungerecht!“, wies ihn Vicky zurecht.

Gunnar saß in seinem Büro und schmollte wie ein kleines Kind. „Er hat mich im Stich gelassen! So war’s.“

Vicky grinste. „Du, mein Schatz, warst so mies drauf, dass jeder seine Beine unter den Arm nahm und weglief, so schnell er nur konnte. Ich auch. Du warst ein richtiges altes Ekel. Stimmt’s, Carolin?“

Carolin grinste viel sagend. „Kann man wohl sagen!“

„Mir fehlt Nick auch!“, fuhr Vicky hartnäckig fort. „Und dir doch eigentlich auch, wenn du ehrlich bist!“

„Er gehört einfach zu Lindenhain“, pflichtete ihr Carolin bei.

Gunnar stand auf. „Ach macht doch, was ihr wollt. Aber wenn ihr meint, ich hol ihn zurück, dann habt ihr euch gewaltig geschnitten.“

Vicky holte die Autoschlüssel aus der Schreibtischschublade. „Machen wir, komm Caro, lass uns fahren!"

Der Reiterhof Espenlaub lag gut 40 Kilometer von Lindenhain entfernt. Langsam rollten sie auf den Hof. Es war eine große, gepflegte Anlage mit zwei langen, hellen Stalltrakten, zwei Reithallen und zwei großen Koppeln. Die dazugehörige Weide erschien schier endlos. An das Haupthaus schloss sich noch ein lichter Anbau mit einem Wintergarten an. Darüber stand *Reitercafé – Restaurant Espenlaub*. Vor einer Hundehütte in einem riesigen Zwinger lagen zwei Schäferhunde und verfolgten die Besucher mit wachsamen Blicken. Alles in allem schien Espenlaub etwa doppelt oder beinahe dreimal so groß wie Lindenhain zu sein.

„Nicht schlecht", staunte Carolin.

„Ich wusste ja, dass Espenlaub schick ist, aber so schick ..." Auch Vicky war schwer beeindruckt.

Als die beiden ausgestiegen waren, blieben sie etwas unschlüssig auf dem Hof stehen. Doch dann wollte Carolin auf den Stall zusteuern. „Wie ich Nick kenne, ist er vermutlich dort."

Vicky hielt sie am Jackenärmel zurück. „Warte mal, Caro! Wir können da nicht einfach so rumspazieren wie auf Lindenhain."

In diesem Augenblick schlenderte eine hübsche langhaarige Blondine mit Gerte in der Hand und Reitstiefeln an den Füßen über den Hof. Vicky lief zu ihr hin. „Entschuldigen Sie bitte, wir suchen Nick Neuber. Er arbeitet hier auf Espenlaub."

Die Blondine sah Vicky gelangweilt an. „Wenn Sie Nicky meinen, der hat heute seinen freien Tag", erklärte sie hochnäsig und ging weiter.

„Nicky!", wiederholte Carolin. „Klingt vielleicht bescheuert!"

„Pech gehabt!" Vicky wollte gerade wieder ins Auto steigen, da kam Carolin eine Idee. „Hast du einen Zettel und einen Stift?"

„Na klar." Vicky hielt ihr beides hin. „Was hast du denn vor?"

„Ich hänge Nick eine Nachricht ans schwarze Brett im Haupthaus. Mit meiner Handynummer. Er soll mich ganz superdringend anrufen."

„Wenn die hier überhaupt ein schwarzes Brett haben", meinte Vicky. „So vornehm, wie die hier tun, haben die eher einen Butler, der die Nachrichten auf dem silbernen Tablett rumträgt."

Gleich am nächsten Abend, Carolin war gerade nach Hause gekommen, klingelte ihr Handy. Nick war dran. „Hi Caro, was gibt's denn so Dringendes? Ich habe deine Nachricht am schwarzen Brett gelesen."

„Nick!" Caro hockte sich im Wohnzimmer auf den Teppich. *Es tat schon gut, nur mal wieder seine Stimme zu hören!*

„Ich hab nicht lang Zeit, Caro, also was gibt's?" Er klang etwas gehetzt.

„Nick, du hast doch bestimmt gehört, dass auf Lindenhain wieder alles in Ordnung ist. Ach was sag ich, dass alles noch viel besser ist als vorher", sprudelte es aus Carolin heraus.

„Ja, und?"

„Dass die Bank den Kredit bewilligt hat, das Gästehaus wieder steht, wir ziemlich ausgebucht sind. Und Gunnar ist auch wieder ganz normal!"

„Ja, und? Warum erzählst du mir das?", fragte er knapp.

Carolin ringelte vor lauter Aufregung ein paar Teppichfransen um ihren Ringfinger. „Komm zurück, Nick!"

Pause. Schweigen. Carolin strich die Fransen wieder glatt. Ihr Finger zeigte eine rote Druckstelle und schmerzte, so kräftig hatte sie gezogen.

„Nick, hallo, bist du noch dran?"

„Ja."

„Komm doch zurück nach Lindenhain, Nick!" Carolin klemmte das Handy zwischen Kopf und Schulter und drückte ganz fest beide Daumen. *Bitte sag ja, bitte sag ja, bitte sag ja!*

„Nein."

„Wie nein?" Vor Schreck wäre Carolin das Handy fast auf den Boden gefallen.

„Nein, Caro. Ich komme ganz bestimmt nicht zurück nach Lindenhain."

„Aber ...?"

„Nenn mir einen einzigen Grund, Caro. Du hast den Reiterhof Espenlaub gesehen. Der Hof ist klasse, total schick, bestens durchorganisiert. Die Leute sind supernett. Das Gehalt ist besser – und landet pünktlich jeden Ersten auf meinem Konto. Und ich hab sogar viel weniger Arbeit. Es gibt eine Extrakraft, die sich nur ums Stallausmisten kümmert. Warum also sollte ich zurück nach Lindenhain kommen?"

Carolin schluckte. „Wegen Lindenhain."

„Toller Grund."

„Lindenhain wächst auch, Nick. Stell dir vor, wir haben jetzt sogar einen neuen Trainer, einen Topmann. Timo heißt er, er trainiert mich jeden Tag."

„Einen neuen Trainer? Ach was!" Auf einmal klang Nicks Stimme interessiert. „Und der ist gut drauf?"

Aha, dachte Carolin. *So ganz kalt lässt dich Lindenhain wohl doch nicht!*

„Er ist superklasse, sagen alle. Und sehr nett." Das war zwar megamäßig übertrieben, aber wenn's half! „Er kennt sich mit Pferden genauso gut aus wie du. Vielleicht sogar noch besser."

Nick schnaubte in den Hörer. „Das, liebe Caro, kann eigentlich kaum sein."

„Ist aber so."

Pause. „Na ja, dann braucht ihr mich auf Lindenhain ja sowieso nicht mehr."

Verdammter Mist!, ärgerte sich Carolin. *Mist, Mist, Mist!* Jetzt war sie übers Ziel hinausgeschossen. Sie unternahm einen letzten Versuch. „Nick, wir vermissen dich alle. Vor allem Sternentänzer und ich."

Wieder Schweigen. „Ne, Caro, tut mir Leid. Meine Zeit auf Lindenhain ist vorbei. Endgültig! Man muss sich schließlich weiterentwickeln. Aber du kannst mich gern jederzeit auf Espenlaub besuchen."

Carolin war so wütend und traurig, dass ihr Tränen in die Augen stiegen. „Mach's gut und viel Spaß auf deinem doofen Espenlaub, Nicky", fauchte sie aufgebracht und pfefferte das Handy auf den Boden.

„Was ist denn los, Schätzchen?" Ines stand in der Tür. Sie hatte ihre Sonntagsschürze an, mit hauchzarten hellgelben Seerosen drauf.

„Nichts", murmelte Carolin und schniefte enttäuscht.

„Und warum guckst du wegen *nichts* wie zehn Tage Regenwetter?"

Carolin zuckte gleichgültig die Schultern und folgte Ines in die Küche. Dort hopste sie auf den Küchentisch, wo sie wie versteinert sitzen blieb. Ines schälte unterdessen einen großen Topf voll Kartoffeln, briet in Streifen geschnittenes Fleisch und Zwiebeln an und öffnete eine Dose mit Erbsen. Für den Nachtisch schnitt sie Bananen der Länge nach auf und füllte sie mit Schokolade.

„Mund auf!" Folgsam öffnete Carolin den Mund und Ines schob ein Stück Banane hinein. „Magnesium macht lustig und ist gesund."

In diesem Augenblick läutete es an der Tür.

Carolin öffnete. „Paps!" Jubelnd fiel sie ihm um den Hals. „Paps!" Carolin hatte Paul seit Anfang der Sommerferien nicht mehr gesehen. Als sie aus Berlin zurückgekommen war, war er mit seiner neuen Freundin gerade in die Türkei abgerauscht. Er sah nicht besonders gut aus. War schlanker als sonst und hatte tief eingefallene Wangen.

„Caro, Schätzchen, ich wollte dich zum Essen ausführen. Pizza, Burger, was du willst. Ich dachte, wir zwei machen uns mal wieder einen lustigen Abend."

„Paul." Ines mit ihrer Seerosenschürze stiefelte aus der Küche herbei und blickte ihn vorwurfsvoll an. „Was soll das? Platzt einfach unangekündigt rein. Hatten wir nicht ausgemacht, dass du vorher anrufst? Ich habe schon gekocht. Deine Einladung kommt leider zu spät. Ich möchte dich doch bitten, dass du dich künftig an unsere Abmachungen hältst!"

„Och Mam, darf ich? Wenn Paps jetzt schon mal hier ist?" Carolin sah ihre Mutter bittend an. Viel lieber würde sie jetzt mit Paul Pizzaessen gehen als mit Ines Erbsen und Zwiebeln zu speisen.

„Meinst du, ich koch hier zum Spaß?", fuhr Ines sie an. „Und nur, weil dem gnädigen Herrn plötzlich nach Wochen mal wieder einfällt, dass er eine Tochter hat, kipp ich alles weg? Das kannst du so was von vergessen, Fräulein!"

Ines schien mächtig sauer. Immer wenn sie Carolin Fräulein nannte, war die Lage überaus ernst.

„Ach Mam, wir können doch auch morgen Abend zusammen essen."

„Caro", fuhr ihr Ines mit blitzenden Augen über den Mund. „Ich will keinen Ton mehr hören!"

Carolin wunderte sich. Sonst machte Ines nicht so einen Zwergenaufstand wegen des Essens.

„Und, wie geht's deiner neuen Begleitung?", giftete sie dann Paul an. „Hat sich Blondie auch gut erholt in der Türkei?"

Aha, daher weht der Wind! Jedes Mal, wenn Ines erfuhr, dass Paul eine neue Freundin hatte, tickte Ines komplett aus. Carolin blickte von ihrem Vater zu ihrer Mutter. *Warum ist Liebe bloß so kompliziert?*

Paul zwinkerte Carolin zu. „Och, die hab ich an einen Teppichhändler verscherbelt. 100 Kamele hat Mustafa geboten, da konnte ich doch nicht Nein sagen!“

Ines fand das gar nicht witzig. „Schön, dass du dich so gut amüsiert hast“, keifte sie bissig.

Paul verdrehte genervt die Augen. „Ach komm, Ines, ich hab keine Lust, mich hier zwischen Tür und Angel mit dir zu streiten. Ich wollte mit meiner Tochter essen gehen, aber wenn das nicht geht, dann verschwinde ich eben wieder.“

„Tschüss, Dad.“ Carolins Stimme klang traurig.

„He, Schätzchen, fang!“ Paul warf ihr ein Päckchen zu. „Kleines Mitbringsel aus der Türkei!“

Carolin lief nach oben in ihr Zimmer und öffnete das Paket. Es enthielt ein hauchdünnes türkisfarbenes Tuch mit vielen winzig kleinen Goldmünzen, die bei jeder Bewegung klimperten. *Toll!* Carolin feuerte das Tuch wütend in die Ecke. *Was soll ich damit? Mir die Ohren zubinden, damit ich meine Eltern nicht mehr streiten höre?* Warum tat so was immer wieder so weh?

Das Phönix-Fest

Gunnar war überglücklich über das neue Lindenhain, sodass er spontan beschloss ein Wiedereröffnungsfest zu feiern. „Phönix-Fest" nannte er es – nach dem heiligen Vogel Phönix der Ägypter, der sich selbst verbrannte, um dann neugeboren aus der Asche emporzusteigen. Denn nach dem fürchterlichen Brand war der Reiterhof nun wie Phönix auch wieder zu neuem Leben erwacht. Gunnar hatte Lindenhain im letzten Jahr schon einmal zu einem Ferienreiterhof umgebaut. Aber gleich mit den ersten Gästen, einer Gruppe von Kindern aus dem Landschulheim, hatte es Probleme gegeben. Einer der Jungen hasste Pferde, seit seine Schwester durch einen Reitunfall gelähmt war. Aus krankhafter Rache hatte er daher zuerst versucht das Pony Sophia zu vergiften und dann Lindenhain in Brand gesetzt. Aber mittlerweile war das – Gott sei Dank! – Geschichte. Lindenhain erstrahlte schöner und größer als je zuvor.

Es war ein Sonntag und ein herrlicher Oktobertag. Kein Wölkchen war am Himmel zu sehen, sodass man fast meinen konnte, eine Putzkolonne habe sie alle weggefegt. Carolin hatte all ihre Freunde und Klassenkameraden zu dem Fest eingeladen und war schon morgens richtig aufgekratzt. Womit begann so ein Tag? Natürlich mit der Frage aller Fragen: Was *ziehe ich an?* Carolin trat vor ihrem Kleiderschrank unschlüssig von einem Bein auf das andere. *Jeans? Hellblau? Dunkelblau? Overall? Cargohose? T-Shirt oder Pulli?* Sie seufzte.

Da unterbrach Ines Carolins Kleidersuchaktion. Mit einem „Morgen, Schätzchen", gefolgt von einem breiten Gähnen, steckte sie ihren verwuschelten Kopf in Carolins Zimmer. Carolin musste kichern. Mit ihren roten Strubbelhaaren sah Ines aus wie Pumuckls Schwester.

„Zieh doch mal den hübschen orangefarbenen Anzug an, den ich dir neulich von Florentine mitgebracht habe." Florentine war Ines' Freundin. Ihr gehörte die einzige Boutique in Lilienthal.

Carolin rümpfte die Nase. „Die Farbe ist doof."

„Orange ist total in in dieser Saison!"

„Na super! Dann halten mich die Pferde noch für eine Karotte und knabbern mich an."

„Langsam geb ich's auf!" Ines zog ihren Strubbelkopf wieder aus dem Türrahmen. „Immer mal wieder bring ich dir was Schickes mit, du knallst es nur in den Schrank und ziehst doch jeden Tag das Gleiche an."

Carolin entschloss sich schließlich für Jeans und T-Shirt. *Wie immer! Warum auch nicht?* Zur Feier des Tages verteilte sie noch einen Klacks Gel in ihrem Haar, tuschte sich die Wimpern und düste aus dem Haus.

Auf Lindenhain empfing Carolin bereits Festplatzstimmung. Überall auf dem Hof standen kleine Partytische mit rotweiß gestreiften Schirmen und neben dem Gästehaus waren sogar zwei Zelte aufgebaut. Es roch nach Grillkohle und Popcorn. *Popcorn?*

„He, Caro, schau mal, meine neueste Errungenschaft.“ Gunnar deutete auf eine riesige Popcornmaschine. Sie war metallicrot und hatte zwei Räder. Völlig fasziniert beobachtete Gunnar, wie sie mit einem lautem Plopp ein Korn nach dem anderen ausspuckte. „Ist das nicht der Hammer? Hab ich mir heute gekauft.“

„Gekauft?“, wunderte sich Carolin.

Gunnar grinste. „Klar. Für unsere kleinen Reitgäste. Ist doch viel besser und gesünder als immer diese Schokoriegel und Gummibären.“ Er füllte für Carolin eine kleine Tüte voll. „Hier, probier mal!“

Carolin knackte ein Popcorn und spuckte es sofort in hohem Bogen wieder aus. „Igitt! Gunnar! Das schmeckt ja total versalzen! Ihhh, voll eklig!“

„Lass probieren! ... Du hast Recht, bääh.“ Gunnar beäugte seine Maschine, schob seinen Cowboyhut nach hinten und kratzte sich ratlos am Kopf. „Irgendwas läuft da wohl falsch.“

„Hast du Lina eigentlich schon gesehen?“, erkundigte sich Carolin.

„Nee.“ Gunnar schüttelte den Kopf, ohne seine Maschine auch nur eine Sekunde aus den Augen zu lassen.

„Sie wollte um elf da sein.“ Und inzwischen war es halb 12. Dafür rollten die ersten Besucher allmählich an.

„Hallo!“

Carolin fuhr erschrocken herum, als ihr jemand auf die Schulter tippte. Sie blickte in das Gesicht eines jungen Mannes, der Ende zwanzig, nicht allzu groß und schwabbeldick war. Unter seinem blauen T-Shirt zeichneten sich deutlich drei dicke Ringe am Bauch ab. Er hatte kleine, schmale wasserblaue Fischaugen, straßenköterblonde Haare und trug eine betont modische Brille. Schwarz, viereckig. Mit seinen Hängebacken und dem Doppelkinn hatte er ein bisschen Ähnlichkeit mit einer dicken Qualle.

„Bist du Carolin Baumgarten?“

„Ja, bin ich. Worum geht's denn?“

„Ich bin Rüdiger Gärtner vom Grünstädter Kreisboten und möchte gern ein Interview mit dir machen, wenn du einverstanden bist? Wir wollen nämlich einen Bericht über den Reiterhof Lindenhain bringen.“

Carolin zuckte die Schultern. „Klar, warum nicht.“

„Cool.“ Rüdiger zog ein Diktiergerät aus seiner Tasche und stellte gleich die erste Frage: „Du liebst bestimmt Pferde, oder?“

Carolin strahlte ihn an. „Na klar! Pferde sind die tollsten, schönsten und treusten Geschöpfe überhaupt!“

„Find ich auch!“ Rüdiger nickte und zwinkerte ihr mit seinen Fischaugen zu. „Du verbringst viel Zeit mit ihnen, trainierst eine Menge und bist ein echtes Nachwuchstalent, wie mir Herr Hilmer erzählt hat.“

Carolin lächelte geschmeichelt. „Hat er das?“

„Er hat mir auch erzählt, dass dich ein Talentsucher sponsert, der dir einen Trainer aus Berlin geschickt hat!?“

Komische Fragen, wunderte sich Carolin. *Mehr als Ja oder Nein sagen bleibt da ja nicht. Also:* „Ja."

„Dein erstes Turnier ist bereits in ein paar Wochen?"

„Ja." *Allmählich wird's langweilig!*

Rüdiger drückte erneut seine wasserblauen Augen zusammen. „Bestimmt bist du schon total aufgeregt? Was meinst du? Wirst du gewinnen?"

„Ich hab das beste Pferd der Welt", antwortete Carolin gerade, als sie Julia, Heike, Luisa und Tina entdeckte, die an einem der Partytische die Köpfe zusammensteckten. „Und jetzt muss ich meine Freunde begrüßen."

„Alles klar, es reicht mir auch schon, danke dir", sagte Rüdiger und stellte sein Diktiergerät mit einem zufriedenen Lächeln ab.

„Hi Caro, was war das denn für ein komischer Typ?", wollte Luisa, Carolins zweitbeste Freundin, wissen.

„Ein Reporter vom Grünstädter Kreisboten, er hat mich interviewt."

Julia ließ vor Überraschung den Strohhalm los, mit dem sie ihre Cola trank. Ihr Lippenstift hatte einen knallroten Rand auf dem weißen Halm hinterlassen. Julia war heute überhaupt knallrot. Roter enger Rock, rote Bluse, rote Stiefel, rote Spange im Haar. „Ein Reporter?!", wiederholte sie elektrisiert. „Und was wollte der ausgerechnet von *dir*?"

„Er stellte mir ein paar Fragen zum Turnier, über Pferde und mein Training." Carolin sah sich um. *Alle sind da, nur*

Lina fehlt. Komisch! Normalerweise ist sie so zuverlässig. Wenn sie elf Uhr sagt, ist sie Punkt elf Uhr da.

„Echt?" Julias Augen waren so groß wie ein Tennisball.

Allmählich begann sich Carolin Sorgen um ihre Freundin zu machen. „Habt ihr Lina irgendwo gesehen? Hat sie euch gesagt, dass sie später kommt?"

Julia tat gelangweilt. „Mir ganz bestimmt nicht."

„Mir auch nicht." Tina schnupperte ein paar Mal. „Mhm, riecht lecker nach Popcorn. Popcorn hat gar nicht so viele Kalorien, hab ich mal gelesen."

Carolin musste lachen. Für Tina gab es wirklich nur ein Thema. Sie aß für ihr Leben gern, vor allem Süßigkeiten. Dass sie ein paar Pfunde zu viel hatte und ihre Freundinnen deswegen ab und zu stichelten, nahm sie gelassen hin.

„Vergiss es, Tina, Gunnar kriegt die Maschine nicht in den Griff."

Tina seufzte. „Sind dann wenigstens die Würstchen schon fertig?"

Julia war immer noch sichtlich beeindruckt. „Warum interessiert sich der Zeitungsreporter denn ausgerechnet für dein komisches Turnier? Ist doch voll langweilig."

„Keine Ahnung." Carolin zuckte die Achseln. „Ich hol eine Runde Zitronenlimonade, selbst gemacht von Vicky, schmeckt göttlich. Wer mag?" *Und ich ruf mal bei Lina an,* beschloss sie. *Irgendetwas stimmt da nicht.*

Drei Hände schossen in die Höhe. Julias Hand war nicht dabei. Sie fixierte einen Mann, der auf ihren Tisch zuschlenderte und Carolin kameradschaftlich auf die Schulter klopfte. „Hallo, Carolin. Nettes Fest", begrüßte er sie und ging weiter.

„Wer war denn das?“, fragte Julia, deren Augen nun beinahe so groß wie Wagenräder waren.

„Wer denn?“ Carolin war schon halb unterwegs zum Limonadenstand.

„Dieser schicke Typ eben, der dich begrüßt hat und der aussah wie ein Popstar?“

„Ach das. Das war Timo, mein Trainer.“

Julias Augen hatten jetzt die Größe eines Riesenrades. „Dein Reittrainer?“, hauchte sie andächtig. „Dieser Supertyp ist dein Reittrainer?“

„Ja, genau. Was ist, Julia, willst du jetzt auch 'ne Limo, oder nicht?“

„Was? ... Nein, danke.“

Während Carolin in Richtung Haupthaus stiefelte, war sie ganz in Gedanken versunken. Angestrengt überlegte sie, wo Lina wohl stecken könnte, und achtete nicht auf die anderen Gäste, die auf dem Hof herumliefen. So bemerkte sie auch nicht, dass plötzlich jemand vor ihr stand, und lief voll in ihn hinein. Es war ein Motorradfahrer. Er trug schwarze Lederkleidung und einen schwarzen Helm. Carolin konnte nicht erkennen, wer sich darunter verbarg.

„Oh, Entschuldigung. Ich hab Sie gar nicht ...“, stammelte sie verlegen.

„Kein Problem“, nuschelte der Motorradfahrer und nestelte an seinem Helm. „Aber seit wann sind wir denn per Sie?“ Unter dem Helm kamen nun ein blonder Haarschopf und ein breites Lausbubengrinsen zum Vorschein.

„Nick! Nick! Nick!“ Carolin führte einen wahren Freudentanz auf und stürzte sich in seine Arme. „Mensch! Was machst du denn hier?“

„Nicht so stürmisch, Caro“, lachte Nick und umarmte sie. Dann ließ er sie los und blickte sich um. „Und, wo ist nun der Wunderknabe?“

„Wer?“

„Na, mein neuer Kollege?“

„Dein Kollege ...?“ Carolin stutzte. „Aber ... soll das heißen, dass ...?“

„Sieht ganz so aus“, unterbrach sie Nick.

„Du kommst zurück? Nach Lindenhain? Zu uns?“ Carolin redete so hektisch, dass sich ihre Stimme überschlug.

„Ihr seid doch aufgeschmissen ohne mich“, grinste er und seine Augen blitzten spitzbübisch.

Carolin strahlte übers ganze Gesicht, von einem Ohr zum anderen. Jetzt erst war Phönix wirklich aus der Asche emporgestiegen. Denn nur mit Nick war Lindenhain wieder komplett. Wie früher.

Als Carolin an diesem Abend zu Bett ging, ließ sie den Tag Revue passieren. Ein Tag so richtig zum Rotanmalen im Kalender, zum Ausschneiden und Ins-Erinnerungsalbum-Kleben. Es lief wirklich alles bestens. Und jetzt kam auch noch Nick zurück nach Lindenhain! Sie reckte sich wohlig und fühlte sich rundum glücklich. Dass dieses Glücksgefühl nicht lange anhalten und wie ein Luftballon zerplatzen sollte, konnte Carolin an diesem Abend nicht ahnen.

Ein folgenreicher Zeitungsbericht

Als sich Carolin am Montagmorgen schlaftrunken an den Frühstückstisch schleppte, duftete es schon nach Kaffee und frischen Croissants und Ines streckte ihr den Grünstädter Kreisboten entgegen. „Morgen, Schatz, hier lies!“

„Was denn?“ Carolin gähnte.

„Lies!“

Der Nachwuchsstar von Lindenhain stand in riesengroßen Buchstaben auf der Titelseite. Darunter waren ein Foto von Carolin auf dem Fest und ein Bild von Sternentänzer im Stall abgebildet. Ebenfalls riesengroß und in Farbe. Carolin ließ die Zeitung sinken. „Was ist denn das für eine dämliche Überschrift?“, murmelte sie. Aber ein ganz klein wenig fühlte sie sich schon geschmeichelt. Es war ein komisches Gefühl, sich selbst in der Zeitung zu sehen.

„Klingt doch sehr nett“, meinte Ines. „Aber lies weiter!“

... Carolin Baumgarten aus Lilienthal gilt als der neue Stern am Reithimmel, als schillernder Nachwuchsstar

der Pferdeszene. Das hübsche Mädchen, das von einem bekannten Trainer aus Berlin trainiert wird, wird bald alle Preise gewinnen, die es zu gewinnen gibt. Die erste Schleife wird sich die Schülerin demnächst beim jährlichen Distanzturnier in Espenlaub holen, dem bedeutendsten Reitturnier in unserer Gegend. „Carolin ist ein Jahrhunderttalent. Mit meiner professionellen Hilfe kann sie ganz oben mitspielen", sagt Timo Hausmann, Carolins Trainer. „Seit Caro elf Jahre alt ist, kommt sie nach Lindenhain", erzählt Gunnar Hilmer, der Geschäftsführer des Reiterhofs. „Ich wusste immer, dass sie etwas ganz Besonderes ist." Wir können also sicher sein, dass sie auf ihrem prächtigen Araberschimmel namens Sternentänzer noch für so manche Überraschung sorgen wird ... Carolin ließ die Zeitung sinken. „Klingt ja echt cool", grinste sie. „Wenn ich mich nicht kennen würde, wäre ich voll beeindruckt."

Ines schlang von hinten die Arme um sie. „Ich bin richtig, richtig stolz auf dich, Caro. Ich wusste ja gar nicht, dass du so gut reitest."

Carolin starrte auf die Titelseite der Zeitung. *Ich, Carolin Baumgarten, in der Zeitung. Ganz groß. Dort, wo sonst nur über wichtige, berühmte und tolle Leute berichtet wird, steht ein riesiger Artikel über Sternentänzer und mich. Wow!*

„Was die anderen wohl dazu sagen werden?", überlegte sie laut.

Ines schmatzte ihr noch einen Kuss auf die Wange. „Die werden das toll finden, genau wie ich. Deine Mitschüler werden stolz auf dich sein."

Nach dem Frühstück konnte es Carolin kaum erwarten, in die Schule zu kommen. Das kam sonst eher selten bis nie vor. Aber plötzlich war alles anders. Die Verkäuferin in der Bäckerei sah sie anders an. Beeindruckt! Bildete sie sich zumindest ein. Alle erschienen ihr anders: die Autofahrer, die anderen Radfahrer und sogar der Bahnwärter in seinem Häuschen an der Schranke. *Heute lässt er sie extra lang offen, damit Nachwuchsstar Carolin nicht an der geschlossenen Schranke warten muss. Nachwuchsstars müssen nicht warten!*

Auf dem Weg in die Klasse nahm sie zwei Stufen auf einmal, um möglichst noch vor dem Klingeln hineinzuschlüpfen. Als sie dann endlich das Klassenzimmer betrat, hörte schlagartig das Getuschel auf und alle Augen richteten sich auf sie, Carolin. Das bildete sie sich zumindest ein. Und mindestens einen Kopf größer schritt sie zu ihrer Bank. Der Platz neben ihr war leer. Lina war nicht da! *Komisch, gestern war sie auch nicht da! Ich hab ein paar Mal versucht sie anzurufen, aber keiner ging ans Telefon. Doch darum werde ich mich später kümmern,* dachte Carolin und ließ ihren Blick erwartungsvoll in der Klasse umherschweifen.

„War ein schönes Fest gestern auf deinem Reiterhof", kam schließlich Luisa auf sie zu.

Ja, und weiter ... Nichts. „Der Grünstädter Kreisbote hat einen Artikel darüber geschrieben", half Carolin nach.

Luisa zuckte die Schultern. „Hab ich noch gar nicht gesehen."

„Pah! Wer liest denn schon den Grünstädter Kreisboten, so ein kleines, unwichtiges Käseblatt", giftete Julia. Doch etwas in ihren Augen verriet Carolin, dass sie den Artikel sehr wohl gelesen hatte und vor Neid schier zu platzen drohte.

Gunnar hatte den Artikel nicht nur gelesen, sondern auch kopiert und überall auf Lindenhain an die Wände gepinnt. Im Stall, im Haupthaus, im Gästehaus, sogar an Herrn Maiers Hundehütte und am Koppelgatter flatterte eine Kopie.

Als Carolin in die Hofeinfahrt einbog, lief er ihr gleich entgegen, zog sie vom Bike und wirbelte sie im Kreis herum. Ihr Rad klatschte mit einem lauten Knall auf den Boden. „Du glaubst gar nicht, was hier los ist, Caro! Das Telefon steht nicht mehr still. Es kommt eine Anmeldung nach der anderen rein. Alle haben den Artikel über dich gelesen und wollen auf dem angesagtesten Reiterhof der Gegend Ferien verbringen. Das ist unsere Rettung!" Er drückte Carolin einen dicken Schmatz auf die Wange. „Wenn das weiterhin so genial läuft, hab ich den Bankkredit in null Komma nix abbezahlt."

Carolin blickte sich suchend auf dem Hof um. „Hab ich das gestern geträumt oder ist Nick wirklich zurückgekommen?"

Gunnar scharrte mit seinen Cowboystiefeln im Kies. „Nach dem Fest haben wir uns noch lange unterhalten, Nick und ich. Du weißt ja, dass wir uns nicht gerade im Guten getrennt haben."

Und ob ich das weiß! Nick war so stinksauer auf Gunnar gewesen, dass er ihn am liebsten kopfüber in den Misthaufen gesteckt hätte.

„Jedenfalls haben wir uns ausgesprochen und versöhnt. Ich habe Nick natürlich angeboten, dass er bei uns wieder anfangen kann."

Carolin schielte ungläubig zu Gunnar. „Ihm angeboten? Ich glaube, auf Espenlaub hat es ihm ganz gut gefallen?" *Als ich ihn fragte, ob er zurückkommt, sagte er beim ersten Mal Nein,* fügte sie in Gedanken hinzu und schluckte.

„Mit der Aussicht auf eine Gehaltserhöhung natürlich", gab Gunnar zu.

„Und hat er zugesagt?!"

„Hat er!"

„Prima!", jubelte Carolin. Sie klatschte in die Hände und beschloss sich gleich auf die Suche nach Nick zu machen.

Gunnar hatte sich schon umgedreht und wollte zurück ins Büro, als ihm noch etwas einfiel. „Ach, Caro, bevor ich es vergesse, das mit deiner Freundin geht natürlich auch klar."

Carolin schaute Gunnar verblüfft an. „Was meinst du?"

„In aller Herrgottsfrüh rief ein Mädchen an, erklärte, sie sei eine gute Freundin von dir und wollte sich zum Reittraining bei deinem Reitlehrer anmelden."

Carolin fiel aus allen Wolken. „Wie bitte? Was hast du gesagt?"

„Geht klar, hab ich natürlich gesagt. Deine Freunde sind auch meine Freunde." Gunnar klopfte Carolin auf die Schulter. „So, jetzt muss ich aber wieder ins Büro. Vicky glühen bestimmt schon die Ohren."

„Warte mal, Gunnar! Wie hieß denn das Mädchen? Ich meine, meine Freundin, die, die sich anmelden wollte?"

Gunnar überlegte angestrengt. „Sonja, nee, das war 'ne andere ... Bettina ... Tina, kann das sein?"

Carolin prustete lauthals los. Die pummelige Tina und Reittraining, das war ungefähr so wahrscheinlich wie ein Pferd beim Schlittschuhlaufen.

Gunnar schnalzte mit den Fingern. „Jetzt fällt's mir wieder ein. Julia hieß sie, genau."

Julia??? Carolin guckte Gunnar nach wie ein Auto. Pferde sind doof, stinken und vom Reiten bekommt man dicke Oberschenkel, so lautete bisher ihre Devise. Und jetzt wollte sie reiten? So richtig trainieren? Bei Timo? Auf Lindenhain. *Die knöpf ich mir vor!*

Erfolg schafft Feinde

Die Gelegenheit, sich Julia vorzuknöpfen, bot sich gleich am nächsten Tag in der großen Pause. Julia, Heike, Tina und Luisa standen unter dem großen Kastanienbaum beieinander, quatschten und kicherten. Als sich Carolin dazugesellte, verstummte das Gespräch auf der Stelle und alle Blicke richteten sich auf sie.

Was geht denn hier ab? „Hi, stör ich?"

Keine Antwort.

„Fandet ihr die Deutschhausi auch so schwer?"

Wieder nur Schweigen.

„Redet ihr nicht mehr mit mir? Hab ich was verpasst?"

„Na, wie fühlt man sich so als großer Nachwuchsstar, als Berühmtheit von Lilienthal, als Pferdeprinzessin von Lindenhain? Sprichst du überhaupt noch mit uns normal Sterblichen?", fragte Julia schließlich schnippisch.

„Wie bitte? Was redest du da für einen Stuss?" Carolin sah bestürzt in die Runde. Die anderen verzogen keine Miene, widmeten sich nur plötzlich ganz intensiv ihrem Pausenbrot. Tina zerrte am Butterbrotpapier, als wollte sie es in tausend Stücke zerfetzen, Luisa saugte hingebungsvoll an ihrem Kakao und Heike starrte auf ihre Apfelschnitze, als wäre ein kleiner Wurm darin.

„Was für eine rührende Geschichte!", spottete Julia. „Das Mädchen und ihr Pferd. Herzzerreißend!"

Bin ich im falschen Film? „Aber hallo! Kann ich was dafür, wenn der Typ von der Presse so was schreibt?"

„Pah, der hat sich das doch nicht aus den Fingern gesaugt! Wir haben doch gesehen, wie du auf dem Fest mit ihm gequatscht hast."

„Ich hab nur seine Fragen beantwortet."

Julia ließ nicht locker. „Na klar! Und ihm erzählt, wie supertoll du bist."

„Hab ich nicht. Blödsinn!"

Schweigen in der Runde.

Carolin holte tief Luft. „Ich hab gehört, du willst plötzlich auch auf Lindenhain trainieren, Julia?"

„Na und?" Julia warf ihre langen blonden Haare in den Nacken und stemmte die Hände in die Hüfte. „Ist das vielleicht verboten? Ist der Reiterhof Lindenhain etwa im Privatbesitz von Carolin Nachwuchsstar Baumgarten? Darf dort einzig und allein nur der neue Stern am Pferdehimmel reiten?"

Carolin war von Julias gemeiner Attacke und der Gehässigkeit in ihrer Stimme völlig eingeschüchtert. Unsicher sagte sie: „Natürlich nicht."

„Also. Warum sollte ich dann dort nicht trainieren?"

„Du hast dich noch nie für Pferde interessiert, deshalb war ich eben sehr überrascht." Das war gewaltig untertrieben. Voll doof, zu stinkig, zu ungemütlich! Unter der Reitkappe ruiniert man sich die Frisur, mit dem Sattel die Fingernägel und der Pferdemief hängt einem tagelang in den Haaren, hatte Julia stets gespottet. Und jetzt das!!!

„Ich glaube, unser eingebildeter Nachwuchsstar hat Angst vor Konkurrenz.“ Julia blickte triumphierend in die Runde. „Du hast Angst, ich könnte besser sein als du und das Turnier gewinnen, darum willst du nicht, dass ich auf Lindenhain trainiere.“ Sie sah Carolin angriffslustig in die Augen. „Das ist es doch, Caro. Gib's zu! Du hast einfach nur Schiss, dass ich besser bin als du.“

„Julia hat Recht“, nickte Heike. „Warum soll sie nicht auf Lindenhain trainieren dürfen, wenn sie will?! Warum stört dich das?“

Tina zuckte mit den Schultern. „Mir ist völlig egal, wer wo trainiert. Hauptsache, ich muss mich nicht auf so einen haarigen, hohen, störrischen Vierbeiner draufsetzen! Aber sonst? Die Bessere gewinnt, das war schon immer so.“

„Aber ... aber ihr wisst doch ganz genau, dass das nicht stimmt“, stammelte Carolin hilflos. „Warum macht ihr mich so an? Nur wegen eines dämlichen Artikels, für den ich nichts kann? Ich hab euch doch nichts getan!“

Betretenes Schweigen.

Carolin wandte sich an Luisa. „Luisa, sag doch was. Du kennst mich doch und du kennst Julia!“

Doch Luisa murmelte nur etwas von einer leeren Kakaotüte und dass sie sich unbedingt noch eine kaufen wollte. Rasch verzog sie sich ohne Carolin anzusehen. Tina dackelte flugs hinterher. Heike hängte sich bei Julia ein. „Tja“, meinte die und musterte Carolin von oben herab. „Für eingebildete Nachwuchsstars ist in unserer Clique eben kein Platz."

Wie ein begossener Pudel blieb Carolin unter dem Kastanienbaum zurück und wusste überhaupt nicht, wie ihr geschah. Erst die Pausenglocke riss sie aus ihrer Erstarrung. Als sie zurück in die Klasse kam, hockten Heike, Luisa und Tina auf Julias Bank zusammen und zeigten ihr die kalte Schulter. Traurig und enttäuscht ließ sich Carolin auf ihren Platz fallen. *Lina. Was ist eigentlich mit Lina?* Sie fehlte nun schon den zweiten Tag in der Schule. *Lina, wo bist du? Warum geht's du nicht ans Telefon? Lina, Ich brauch dich!*

Mit Tränen in den Augen radelte Carolin gleich nach der Schule zur großen Wiese hinter Lilienthal, wo Lina mit ihrer Familie in Wohnwagen lebte. Linas Eltern waren oft unterwegs, sie zogen von Kirmes zu Kirmes und verkauften Kräuterprodukte wie Seifen, Bonbons und Kräuterkissen. Carolin bog in den schmalen holprigen Feldweg ein, der zur Wiese führte. Vor dem hellgelben Wohnwagen mit den apfelgrünen Vorhängen ließ sie ihr Bike fallen und klopfte an die Tür. Nichts. Carolin klopfte lauter. Nichts. Kein Mucks! Carolin klopfte ans Fenster. Nichts. Die apfelgrünen Vorhänge bewegten sich kein bisschen. Carolin versuchte durch einen Schlitz ins Innere zu spähen. Drin war es finster. Kein Lichtschein war zu sehen. Alles leer. *Komisch! Wo zum Teufel bist du, Lina?* Allmählich machte sich Carolin große Sorgen um die Freundin. Ein bisschen plagte sie auch das schlechte Gewissen. „Du wusstest, dass es Lina nicht so gut geht, Caro", murmelte sie schuldbewusst vor sich hin. „Aber du warst viel zu sehr mit dir selbst beschäftigt, du dumme Kuh! Lina war immer für dich da, wenn du sie brauchtest. Immer! Du aber warst keine besonders gute Freundin in der letzten Zeit, Carolin Baumgarten!" Sie packte ihr Rad und schob es hinüber zu dem kunterbunten Wohnwagen, der etwas abseits stand. Hier wohnte Ami, Linas Großmutter. Ami war eine außergewöhnliche Großmutter, sie war eine Heilerin und Kräuterhexe und sehr weise. Ami wusste immer Rat. Carolin erinnerte sich an ihren ersten Besuch und musste lächeln. Sie hatte den Schreck ihres Lebens bekommen, als Ami ihren geheimnisvollen Geschirrschrank geöffnet hatte: Dort reihte sich Glas an Glas. Aber die Gläser enthielten nicht etwa Marmeladen, sondern Kräuter, zerstoßene Knochen, Wurzeln und tote Insekten. Und noch etwas Merkwürdiges gab es: Überall im Wohnwagen klebten kleine schwarze Kräuterhäufchen. Helfen gegen Unglück, erklärte Ami. Aber sonst sah alles ganz normal aus, nicht so, wie man sich eine Hexenküche vorstellte.

Carolin klopfte an die Tür. Nichts zu hören. Sie klopfte noch mal. Wieder nichts. Sie drückte ihr Ohr gegen das Türschloss und hörte ein paar eigenartige Geräusche. Vermutlich flatterte Amis neues Pflegekind, ein junger Rabe, im Wohnwagen umher. Ratlos tigerte Carolin auf der Wiese auf und ab. *Lina, wo bist du?* Da hatte sie eine Idee. *Na klar!* Sie ließ ihr Bike am Wohnwagen und lief, so schnell sie konnte, zu dem kleinen Waldsee, Linas Lieblingsplatz. Und dort saß sie auch. Ihre wilden roten Haare leuchteten Carolin schon von weitem entgegen.

„Liiiiiina!!!!!“, brüllte Carolin aus Leibeskräften, doch Lina drehte sich nicht um. Carolin ließ sich neben sie plumpsen. „Sprichst du nicht mehr mit mir, oder was?“

Lina reagierte immer noch nicht. Sie saß einfach nur da und starrte auf den See. Während sie so vor sich hin starrte, kullerte eine dicke Träne Linas Wange hinunter. Gefolgt von einer zweiten.

Carolin schob Linas Haare zur Seite. „Lina, was ist denn los?“, fragte sie besorgt. „Warum weinst du? Was ist passiert?“

„Den Seen schreibt man eine besondere Heilkraft zu“, murmelte Lina vor sich hin. „Im Wasser wachsen viele Wurzeln und Pflanzen, die viele Naturgewalten in sich vereinen und Krankheiten heilen können.“

„Was redest du denn da?“

Lina drehte sich zu Carolin und legte den Kopf auf deren Schulter. Ganz leise flossen immer mehr Tränen über Linas Gesicht. „Meine Ami“, kam es dann kaum hörbar über ihre Lippen.

Carolin streichelte sanft über Linas Haare. „Was ist denn mit Ami?“

Lina zuckte die Schultern. „Ich weiß es nicht, Caro. Sie spricht nicht mehr. Sie bewegt sich nicht mehr und steht nicht mehr auf. Sie liegt nur noch in ihrem Bett und blickt starr zur Decke. Meine Mutter kümmert sich um sie. Füttert und bettet sie.“ Nun schluchzte Lina laut auf. „Es ist ganz furchtbar, sie so zu sehen!“

Carolin wusste, wie lieb Lina ihre Ami hatte und wie sehr sie an ihr hing. Es tat ihr in der Seele weh zu sehen, wie ihre Freundin litt. „Ist sie krank?"

„Keine Ahnung", schluchzte Lina und wischte sich mit einem großen Blatt die Tränen aus dem Gesicht.

„Was sagt denn der Arzt?"

Ein Anflug von einem Lächeln huschte über Linas Gesicht. „Du weißt doch, was meine Ami von Ärzten - den Weißkitteln, wie sie sie nennt - hält."

„Und wo ist sie jetzt?"

Lina stand auf. „Im Wohnwagen. Komm mit! Wir gehen zu ihr." Hand in Hand liefen die zwei Freundinnen zu Amis kunterbuntem Wohnwagen. Als sie die Tür öffneten, schoss ihnen der schwarze Rabe im Tiefflug entgegen. Carolin hatte zu tun rechtzeitig den Kopf einzuziehen. Der kleine Kerl war aus dem Nest gefallen, Ami hatte ihn aufgepäppelt und nun blieb er immer in ihrer Nähe. Obwohl er fliegen konnte, wohin er wollte!

Ami lag in ihrem Schlafzimmer, einem winzigen viereckigen Raum, den Carolin noch nie zuvor betreten hatte. Auch hier klebten überall wie im Wohnraum kleine schwarze Kräuterhäuflein, die Unheil fern halten sollten. Es gab ein Holzbett, einen Stuhl und einen alten dunkelbraunen Schrank mit eigenartigen Schriftzeichen darauf. Daneben stand eine Truhe. Schmucklos, tiefschwarz und mit einem schweren Schloss davor. Im ganzen Raum duftete es intensiv nach Jasmin. Ami war zwischen den dicken Daunenkissen und vielen Decken kaum zu sehen.

Carolin schlug die Hände vors Gesicht. So schlimm

hatte sie es sich nicht vorgestellt. Ami regte sich nicht. Ihr Gesicht war weiß wie die Wand. Sie wirkte ganz zart und zerbrechlich. Wie eine Porzellanpuppe. Nur ihre Augen waren riesig, jedoch ohne jeglichen Ausdruck, und nun auf Caro gerichtet.

„Hallo, Ami“, sagte Carolin leise.

Keine Reaktion. Kein Wort, keine Geste, nicht einmal ein kleines Blinzeln in Amis Augen.

„Siehst du“, flüsterte Lina. „Sie reagiert nicht. Auf nichts. Sie liegt nur da wie ...“

Carolin nahm ganz sacht Amis schmale Hand. Sie war starr und eiskalt. „Ami, ich bin’s doch, Caro. Linas beste Freundin.“ Nichts.

„Komm, Caro!“ Lina zog die Freundin aus Amis Schlafzimmer. Sie schloss die Tür hinter ihr und kauerte sich mit angewinkelten Beinen auf die Bank im Wohnraum, ihren Kopf legte sie auf die Knie. „Es tut so unheimlich weh, Ami so zu sehen, Caro. Es macht mich fix und fertig.“

Carolin setzte sich zu ihr. „Man muss doch was tun können!“

„Was denn?“, fragte Lina hilflos. „Meine Eltern und ich können nichts tun, wenn sie nicht zum Arzt will, Caro.“

„Seit wann ist sie denn schon so?“, wollte Carolin wissen und zog den Kopf ein, denn der kleine Rabe setzte erneut zum Sturzflug an.

„Seit zwei Wochen. Eines Morgens kam sie vom Kräuterpflücken zurück, hat sich ins Bett gelegt und ist nicht mehr aufgestanden.“ Lina blickte ihre Freundin ernst an. „Caro, ich hab solche Angst, dass meine Ami nicht mehr gesund wird“, flüsterte sie kaum hörbar.

Die unbekannte Blondine

Es müsste im Kopf Schubladen geben. Wie in einem Schrank. Die man beschriften kann: Schublade auf, Problem rein, Schublade zu, Problem weggepackt. Erledigt! Die Gedanken in Carolins Kopf wirbelten durcheinander wie Lose in einer Lostrommel. Carolin versuchte sich auf das Training mit Sternentänzer zu konzentrieren. Doch ihre Gedanken schweiften immer wieder zu Ami und der armen Lina. *Wenn ich ihnen doch nur helfen könnte!* Auch wurde es mit jedem Tag schlimmer, in die Schule zu gehen. Julia und die anderen tuschelten hinter ihrem Rücken und wandten sich ab, sobald sie sich näherte. Carolin fühlte sich langsam wie eine Aussätzige. Es war ein sehr hässliches Gefühl und es machte sie sehr traurig.

„Wo bist du nur mit deinen Gedanken, Caro?", bekam sie fast jeden zweiten Tag von Timo zu hören. „Konzentration und Disziplin sind alles!" Ihre Stimmung schien sich auf Sternentänzer zu übertragen. Mal entwickelte er richtig Ehrgeiz und brauchte kaum Hilfen. Fast selbstständig folgte er den Wegmarkierungen. Doch ab und an ignorierte er jegliches Kommando, tänzelte nervös herum, warf den Kopf hoch und runter oder schlug wild aus. Einmal trabte er sogar auf Timo los, pickte ihm die Checkkarte aus der Hand und knabberte genüsslich darauf herum. Ein anderes Mal wieder schnappte er nach der Stoppuhr. Mit jedem Tag, mit dem das Turnier näher rückte, wurde auch Carolin nervöser.

Eines Nachmittags sattelte sie Sternentänzer, führte ihn aus dem Stall und trabte vom Hof, vorbei an den Koppeln und Maisfeldern. Bald gingen sie in einen leichten Galopp über, wurden aber immer schneller. Zwischen bunt gefärbten Laubbäumen jagten sie dann den schmalen Waldweg entlang, der zum See führte. Es war unbeschreiblich schön. Carolin genoss es in vollen Zügen, mit Sternentänzer einfach so drauflos zu jagen – ohne auf seinen Puls zu achten, ohne einen Gedanken an Timo und seine Stoppuhr zu verschwenden. Am Waldrand stieg sie ab, band Sternentänzer fest und setzte sich zu seinen Hufen ins Moos. Dort blieb sie sehr lange sitzen, einfach so, ohne viel zu denken. Nur ab und zu liebkoste sie Sternentänzer und tätschelte liebevoll sein Fell. Erst als es langsam dämmrig wurde, raffte sie sich auf und ritt zurück. Sie hatte eine Entscheidung gefällt. *Ich werde tun, was ich eigentlich nicht tun wollte. In der nächsten Vollmondnacht werde ich auf Sternentänzer ausreiten und seine Gabe nutzen. Ich will wissen, ob ich das Espenlaub-Turnier gewinne. Ich muss es einfach wissen!*

Es war eine klare, ziemlich kalte Vollmondnacht. Carolin wartete ungeduldig, bis sie von nebenan leise Schnarchgeräusche hörte. Vorsichtig lugte sie in Ines' Zimmer. Der Deckenberg auf dem Bett bewegte sich gleichmäßig auf und ab, wie üblich hatte Ines ihre rosarote Schlafmaske auf den Augen. *Die Luft ist rein!* So leise wie möglich schlüpfte Carolin in eine dunkle Hose und einen dunklen Rollkragenpullover. Dann schlich sie auf Zehenspitzen aus dem Haus und radelte wie der Blitz nach Lindenhain.

Bereits an der Stalltür wurde sie von Sternentänzer mit einem leisen Wiehern begrüßt, gerade so, als habe er auf sie gewartet. Er schüttelte den Kopf und tänzelte unruhig hin und her. Carolin drückte ihr Gesicht fest in sein samtweiches Fell. „Mein Süßer, ich weiß, wir sind schon lange nicht mehr bei Vollmond ausgeritten, ist also höchste Zeit!"

Sternentänzer stupste sie an und scharrte ungeduldig mit den Hufen. „Ja, gleich sind wir so weit." Sie trenste ihn und führte ihn ganz leise die Stallgasse entlang und über den Hof, um niemanden aufzuwecken. Dann schwang sie sich in den Sattel. Wie auf Wolken schwebte sie auf Sternentänzers Rücken durch die vom Vollmond verzauberte Landschaft. Sie schloss die Augen und genoss die kühle, etwas feuchte Nachtluft, die auf ihrer Haut kribbelte. *Also gut, jetzt die Frage.* Carolin holte tief Luft. „Ich wünschte, ich wüsste, wer das Turnier auf dem Reiterhof Espenlaub gewinnt", murmelte sie in die Nacht.

Kaum hatte sie die Frage ausgesprochen, ging ein

Ruck durch den Körper des Pferdes. Es galoppierte los. Schnell wie der Wind. Carolin klammerte sich fest, fühlte sich merkwürdig, ihr Kopf schien sich zu drehen. Ihr wurde schwindelig, wie in einem Kettenkarussell. Sternentänzer lief schneller und schneller und Carolin sah Bilder in ihrem Kopf. *Espenlaub. Überall Fähnchen und bunte Luftballons. Ein Zelt, Sternentänzer mit einer prachtvoll geflochtenen Mähne. Ein Podest. Ein Pferd mit einer Schleife um den Hals. Ein Mädchen sitzt drauf und winkt. Die Reiterin ist nur von hinten zu sehen, blonde Haare ragen unter der Reiterkappe hervor. Sie steigen aufs Podest. Das Mädchen mit der Kappe steht ganz oben, Carolin neben ihr. Doch wieder sind die Personen nur von hinten zu sehen.* Wie in einem Rausch schoss die Bilderflut in rascher Reihenfolge durch Carolins Kopf. Schnell, verschwommen, wie hinter einer Nebelwand. Dann wurde Sternentänzer plötzlich langsamer. Er keuchte und lief schwerfälliger. Als Carolin die Zügel enger fasste, verlangsamte er zum Trab. Carolin tätschelte seinen schweißnassen Hals. Ihr Herz klopfte, sie fühlte sich nicht gut. „Wenn du Recht hast, Sternentänzer, dann gewinnen wir beide das Turnier also nicht“, murmelte sie und ritt zurück in den Stall.

Während sie ihn trocken rieb, plagte sie der Gedanke an das Mädchen auf dem Podest. Carolin legte den Kopf gegen das weiche Fell des Pferdes. „Wer ist dieses Mädchen, Sternentänzer? Ich kenne sie. Ich fühle es ganz genau. Ich kenne sie. Ich habe sie schon mal gesehen. Aber wo?“ Mit einem tiefen Seufzer drückte sie Sternentänzer noch einen Kuss auf die weichen Nüstern, setzte sich auf ihr Rad und brauste zurück nach Hause.

„Oh nein“, stöhnte sie und durchkramte ihre Hosentaschen. Sie stand vor der Haustür und suchte nach dem Schlüssel. *Das darf doch nicht wahr sein!* War es aber. Carolin hatte vergessen den Hausschlüssel einzustecken. *Wie kann man nur so bescheuert sein?! Und was nun?* Irgendwann mal hatten sie immer einen Ersatzschlüssel unter einem Blumenkübel deponiert. Carolin drehte jeden Blumenkübel um. Nichts. *Verflixt! Wenn ich klingle, zieht mir Ines die Ohren lang bis zum Nordpol und verpasst mir für den Rest meines Lebens Hausarrest und Lindenhain-Verbot. Geht also nicht. Aber was dann? Vielleicht ist ja ein Fenster offen?* Carolin schlich ums Haus herum. Das obere Badfenster stand einen Spalt weit auf. *Also gut,* überlegte sie, *ich könnte auf den Apfelbaum klettern. Von dort müsste ich irgendwie bis zum Badfenster kommen. Könnte klappen!* Carolin klammerte sich am Stamm fest, holte Schwung und hievte sich hoch. Sie stieg auf einen Ast, dann auf den nächsten, stützte sich am Stamm ab, kletterte einen Ast höher, hangelte sich weiter. Plötzlich krachte der Ast mit Karacho ab und Carolin rutschte, mit den Füßen voran, nach unten. Zweige kratzten ihr übers Gesicht und zwei weitere Äste brachen ab. Es knirschte, krachte und splitterte. Sie landete auf den Füßen, rollte sich nach hinten ab und blieb einen Moment reglos auf dem feuchten

Rasen liegen. Sie horchte. Bei ihrer Mutter im Zimmer ging das Licht an. *Mist!* Ines zog die Jalousie hoch, öffnete das Fenster und spähte in jede Ecke des Gartens. Carolin schluckte trocken und rührte sich nicht. Ines lauschte noch eine Weile in die Nacht, dann schloss sie kopfschüttelnd das Fenster und ließ die Jalousie wieder hinunter.

„Puh! Schwein gehabt", murmelte Carolin. „Das war verdammt knapp." Aber was nun? Die Kirchturmglocke schlug. Einmal, zweimal, fünfmal. *Also noch zwei Stunden bis zum Aufstehen. Verdammter Mist!* Es gab nur eine Möglichkeit: Sie musste bis zum Morgen warten. Erschöpft kauerte sich Carolin in eine windgeschützte Terrassenecke, mümmelte sich in ihren Pullover und zog die Ärmel so lang, bis sie über ihre Finger reichten. Ein Gedanke ließ sie jedoch nicht mehr los. Carolin grübelte. *Wer ist die Gewinnerin? Könnte es dieses Mädchen sein, das wir auf Espenlaub getroffen haben, als wir auf der Suche nach Nick waren? Möglich. Ich kenne sie. Verflixt, warum konnte ich sie nur von hinten sehen? Und verflixt, wieso werde ich nur Zweite? Ich will Erste sein! Ich will das Turnier doch gewinnen!*

Als die Kirchturmglocke endlich sechs Uhr schlug, setzte sich Carolin müde und völlig durchgefroren auf ihr Bike. Sie flitzte zum Bäcker, wieder zurück und klingelte an der Haustür. Nach einer Weile hörte sie schlurfende Schritte. Ines öffnete. Völlig verschlafen. Mit wild abstehenden Haaren und der rosaroten Schlafmaske im Gesicht.

„Caro, du?? Aber ...?“ Ines sah sie an wie ein Gespenst.

„Tatata! Einen wunderschönen guten Morgen, Mam!“ Carolin streckte ihrer Mutter die Tüte mit den Brötchen und die Zeitung entgegen. „War nur rasch Brötchenholen. Ich wollte dir eine Freude machen, hab aber den Hausschlüssel vergessen“, erklärte sie schnell und huschte ins Haus.

„Was ...?“ Ines schüttelte verwirrt den Kopf und schloss die Tür. Sie schnüffelte hinter Carolin her und verzog das Gesicht. „Riechst du aber arg nach Pferd, Caro. Du solltest mir deine Klamotten öfter zum Waschen geben. Und öfter mal was anderes anziehen. Immer nur deine ewigen Jeans!“

„Ja, Mam.“ Mit wild klopfendem Herzen sauste Carolin die Treppe hoch in ihr Zimmer. Drinnen lehnte sie sich erleichtert an die Tür. Das war ja gerade noch mal gut gegangen! Blitzschnell zog sie ihre alten Klamotten aus, schlüpfte in neue und stürmte ins Bad. Sie erschrak vor ihrem eigenen Spiegelbild. Tiefe, dunkle Schatten umgaben ihre Augen, ihre Lider hingen vor Müdigkeit auf Halbmast und die Begegnung mit dem Ast hatte auch Spuren hinterlassen. Drei dicke dunkelrote Kratzer zogen sich quer über die Wange. *Mist!* Rasch stibitzte sie sich eine Make-up-Tube aus Ines' Schminkschrank. Sie klatschte sich einen dicken Klacks ins Gesicht, verteilte ihn sorgfältig und schmierte noch eine Extraportion auf ihre Augenringe.

„Caro, wo bleibst du denn?“, hörte sie ihre Mutter von unten rufen.

„Komme schon!“ Carolin stürmte die Treppe hinunter

und setzte sich an den Frühstückstisch. Dort schnappte sie sich gleich ihre Kakaotasse und versuchte sich dahinter zu verstecken. Umsonst.

Ines musterte sie erstaunt. „Sag mal, Caro, was hast du denn für Kratzer im Gesicht? Du siehst ja fürchterlich aus!"

Na toll! So viel zu Make-up mit 100 % Deckkraft. „Das kommt von ... das war ...", stammelte Carolin und suchte fieberhaft nach einer Erklärung. „Das war Eulalia."

Ines runzelte die Stirn. „Die alte dicke Katze bei euch auf dem Reiterhof?"

„Genau die." *Entschuldige, Eulalia, aber es muss sein!*

„Hast du nicht immer erzählt, dass sie nur faul herumliegt, schnurrt und schläft?"

„Schon, aber ... sie hat sich ziemlich erschreckt, weißt du. Und dann ist sie ausgerastet."

„Ausgerastet, soso."

„Aus Angst. Sie war auf meinem Arm, bekam aus irgendeinem Grund Panik und hat mich gekratzt." *Ich muss unbedingt die abgebrochenen Äste im Garten wegräumen!,* schoss es Carolin durch den Kopf.

Ines beschmierte ein Brötchen mit Butter. „Tante Annabel hat übrigens angerufen. Ich soll dich schön grüßen. Sie ist sehr stolz auf dich." Annabel Strothmann war Ines' Schwester, doch die beiden waren sich nicht sehr ähnlich. Auch hatte Annabel drei schrecklich langweilige Kinder und wohnte in einer schrecklich langweiligen Kleinstadt in einem spießigen Reihenhaus. Zweimal im Jahr war Kuchennachmittag bei ihr angesagt. Carolin langweilte sich jedes Mal dort.

„Hm", nuschelte Carolin in ihre Kakaotasse.

„Sie will unbedingt Fotos von dem Turnier haben, mit dir als Gewinnerin drauf. Die will sie dann all ihren Freunden zeigen und kräftig mit dir angeben." Ines sah Carolin besorgt an. „Hoffentlich sind bis dahin diese Kratzer in deinem Gesicht wieder verschwunden!"

„Hm."

Ines biss genüsslich in ihr Brötchen. „Es geht doch nichts über bäckerfrische Brötchen am Morgen. Das war wirklich mal eine gute Idee von dir, Caro. Solltest öfter mal so früh aufstehen und Brötchen holen."

Mit mir angeben! Carolins Herz wurde schwer wie Blei, alles in ihr krampfte sich zusammen. *Das wird wohl nichts, Tantchen! Weil ich das Turnier nicht gewinnen werde, sollte Sternentänzer Recht behalten.*

„Ach, Caro, von deinem Vater soll ich dir übrigens auch ausrichten, dass er sehr stolz auf dich ist!"

Paps. Verdammt!

„Er holt dich heute Abend ab. Denn er will ein bisschen mit dir feiern."

Normalerweise freute sich Carolin auf die Treffen mit ihrem Vater. Diesmal nicht. Sie lehnte am Küchenfenster, grübelte und wünschte, sie hätte Sternentänzer nicht nach dem Ausgang des Turniers befragt.

„Da ist ja mein Nachwuchsstar", begrüßte Paul sie auch gleich, als sie ihm die Tür öffnete. Er zog sie an sich. „Ich bin ja so stolz auf dich, Caro!"

„Hm", murmelte Carolin und versteckte ihr Gesicht in seinem Mantelkragen.

„Worauf hast du denn Lust?", fragte er, als sie kurz darauf im Auto saßen. „Essen, Kino?"

Kino? Klar, da musste man am wenigsten reden. „Kino wär klasse."

„Weißt du, Caro", sagte Paul dann mehr zu sich selbst als zu ihr. „Du glaubst gar nicht, wie froh und glücklich ich über deine tolle Entwicklung bin." Zack, zweiter Gang. „Glaub nicht, dass es damals leicht für mich war, von euch wegzugehen. Vor allem von dir! Auch wenn wir uns selten sehen, so denke ich doch oft an dich, mache mir Sorgen und überlege, was du wohl gerade tust und was mal aus dir wird." Zack, dritter Gang! „Natürlich denke ich auch darüber nach, ob ich durch meinen Egoismus nicht vielleicht dein Leben irgendwie kaputtgemacht habe. Aber wenn ich dann so einen wunderbaren Zeitungsartikel über dich lese, dann weiß ich, dass du verdammt stark bist." Stopp, die Ampel zeigte Rot. Noch nie war Carolin der Weg zum Kino so unendlich lang vorgekommen. „Wenn du dieses Turnier tatsächlich gewinnen solltest, werde ich der stolzeste Vater der Welt sein."

Nein, nein, nein! Endlich Grün.

Paul lächelte leicht. „Was ich aber natürlich auch bin, wenn du nicht gewinnst. Ich finde sowieso, du bist die beste Tochter der Welt."

Kino, wo bist du? Wieder Stopp. *Warum gibt es auf einmal an jeder Straßenecke eine Ampel?*

„Welchen Film wollen wir uns eigentlich ansehen? Läuft denn was Schönes?"

„Keine Ahnung."

„Aber du wolltest doch ins Kino?"

„Irgendwas läuft bestimmt. Mir war einfach mal wieder nach Kino. Da war ich schon so lange nicht mehr", log Carolin und spürte förmlich, wie ihre Nase länger wurde. *Mist! Wenn ich Sternentänzer nicht gefragt hätte, könnte ich jetzt mit Paps unbekümmert rumspinnen. Von einer Zukunft träumen, von der ich nicht wüsste, dass sie so niemals eintreffen wird. Manchmal ist es wirklich besser, nicht zu wissen, was die Zukunft bringt,* überlegte Carolin. Aber nur für einen winzigen, kurzen Moment.

Die folgenden zwei Tage schlich Carolin mit einem Gesicht wie sieben Tage Regenwetter herum und täuschte eine Erkältung vor. Doch dann fasste sie einen Entschluss. In der Pause hockten sie und Lina mal wieder auf der Schulhofmauer. Die Freundin wusste über alles, auch die nächtliche Vision, Bescheid.

Carolin öffnete ihre Pausenbrotbox. Als sie sah, dass Ines ihr ein Brot mit fetter Kochsalami eingepackt hatte, schloss sie die Box gleich wieder. „Sternentänzer hat sich mit seiner Vorhersage doch schon mal geirrt, weißt du noch?"

Lina nickte. „Klar. Als du in den Ferien in Berlin die Vision hattest, dass Lindenhain verkauft und dort ein schickes Sporthotel gebaut wird. Nach dem Brand, als Gunnar finanziell am Ende war."

„Genau. Doch dann kam das Turnier. Ich lernte diesen von Eschenbach kennen, die Bank gewährte den Kredit und letztendlich hat sich zum Glück alles ganz anders entwickelt."

„Weißt du noch, was Ami dazu sagte? Dass alle Dinge einem ständigen Wechsel unterliegen und wir unsere Zukunft selbst beeinflussen können."

Carolin schloss die Augen. „Ich erinnere mich noch ganz genau an ihre Worte: ‚Wir alle weben unsere Fäden in das große Muster des Lebens mit ein. Indem du nicht aufgegeben, sondern um das gekämpft hast, was dir etwas bedeutet, hast du selbst die Zukunft, die Sternentänzer gesehen hat, verändert. Sternentänzer ist lediglich der Schlüssel. Die Tür öffnen kannst immer nur du selbst.' Und sie sagte weiter: ‚Sternentänzer hat dir die Zukunft gezeigt. Zumindest die Zukunft, die zu diesem Zeitpunkt die wahrscheinlichste war.'"

Lina sah die Freundin an. „Was hast du vor?"

Carolins Augen blitzten. „Sternentänzer hat mir die Zukunft gezeigt, wie sie sein wird, wenn ich nichts unternehme. Aber sie gefällt mir nicht, daher werde ich meine Zukunft in die Hand nehmen und sie ändern. Ich werde trainieren, bis ich Schwielen an den Oberschenkeln habe, denn ich will dieses Turnier gewinnen!"

„Ich bin sicher, du schaffst es", sagte Lina. Doch ihre Stimme klang niedergeschlagen.

Mann, bin ich egoistisch, gestand sich Carolin ein. *Lina plagen ganz andere Probleme!* „Sag mal, wie geht's eigentlich Ami?"

Lina zuckte hilflos die Schultern. „Unverändert. Sie

liegt einfach nur da und starrt in die Luft, so wie du's gesehen hast. Meine Mutter versorgt sie nach wie vor, so gut es geht." In Linas schönen grünen Augen glitzerten Tränen. „Ich bin so verzweifelt, Caro. Ami war der Halt in meinem Leben. Weißt du, so wie ein Baum, an den man sich anlehnen kann! Ein starker, kräftiger Baum! Sie hat mich immer beschützt, war immer für mich da. Du weißt ja, meine Eltern sind viel unterwegs. Und jetzt fehlt sie mir." Sie schluchzte auf.

Carolin legte den Arm um die Freundin. „Ich bin sicher, Ami wird wieder gesund. Ganz sicher." Lina wollte gerade von der Mauer hüpfen, doch Carolin hielt sie zurück. „Ich weiß, du hast jetzt keinen Nerv für meine Probleme, aber ..."

„Caro!" Lina wischte sich mit dem Pulliärmel die Tränen weg und sah Carolin ernst an. „Was wäre ich für eine doofe Freundin, wenn ich keinen Nerv für deine Probleme hätte!"

Carolin zog schuldbewusst den Kopf ein. *So ist sie zu mir, und ich? Nie wieder werde ich Lina vernachlässigen,* schwor sie sich.

„Also, was gibt's?"

„Du warst schon lange nicht mehr auf Lindenhain", begann Carolin.

„Ami fällt aus, da muss ich beim Kräuterpflücken helfen. Viel Freizeit bleibt da nicht."

„Jedenfalls hat sich dort einiges verändert. Julia schleicht ständig dort rum und seit kurzem treibt sich auch häufig dieser Rüdiger – du weißt schon, dieser Pressefuzzi – auf dem Hof rum und hängt sich an meine

Fersen. Er sagt, er will an meiner Geschichte dranbleiben und weiterschreiben."

Lina zuckte die Achseln. „Lass sie doch! Geh ihnen aus dem Weg! Ignorier sie einfach! Alle beide."

Carolin schluckte. „Das ist es nicht."

„Was dann?"

„Ich hab Angst, Lina. Richtig Angst."

Lina schüttelte verständnislos den Kopf. „Wovor denn? Dass dich Julia mit Mist bewirft?"

„Dass einer von beiden hinter Sternentänzers Geheimnis kommt."

Lina stutzte. Sie überlegte einen Moment. „Wie denn?", fragte sie dann. „Nick und ich, wir halten dicht. Sonst kennt keiner Sternentänzers Geheimnis. Und wenn du dich nicht bei deinen Vollmondritten erwischen lässt, wird es niemals jemand rausfinden!"

„Sicher?"

„Sicher!"

Wird das Geheimnis entdeckt?

In den nächsten Tagen trainierte Carolin so hart wie noch nie. Jede freie Minute verbrachte sie mit Sternentänzer, um ihn und sich für das bevorstehende Turnier in Form zu bringen. Timo war hellauf begeistert und streckte jedes Mal den Daumen hoch in die Luft, wenn sie durchs Ziel ritten. Mindestens genauso viel Zeit wie mit ihr verbrachte Timo jedoch auch mit Julia. Das hatte Carolin anfangs zwar geärgert, inzwischen versuchte sie aber den beiden aus dem Weg zu gehen, was ihr ganz gut gelang. Auch Rüdigers Interesse an ihr schien etwas nachgelassen zu haben. Alles lief also einigermaßen gut. So hatte es zumindest den Anschein.

Eines Tages nach dem Training wurde Sternentänzer plötzlich unruhig. „Brrr, halt, mein Schöner!" Carolin sprach sanft auf ihn ein und versuchte ihn zu beruhigen. „Was ist denn los mit dir?" Doch der Hengst tänzelte weiterhin ungehalten im Kreis, warf seinen Kopf heftig hin und her und schnaubte laut.

„Na, Caro, wirst du nicht mehr fertig mit deinem wilden Hengst?“, feixte Nick, der gerade eine Schubkarre voll Mist aus dem Stall schob. Wie eh und je trug er seinen dunkelblauen Overall und es war, als wäre er niemals weg gewesen. „Brauchst du Hilfe?“

„Nein“, antwortete Carolin und schwang sich aus dem Sattel. Allmählich beruhigte sich Sternentänzer wieder und sie führte ihn am Zügel in den Stall. Nick ratterte mit der ausgeleerten Schubkarre ausgelassen hinterher und gab dabei Geräusche wie ein Formel-1-Auto von sich.

„Mann, Nick“, seufzte Carolin, während sie Sternentänzer trockenrieb und ihm frisches Wasser holte. „Ich bin so froh, dass du wieder hier bist. Vor allem jetzt.“

Nick nahm die Mistgabel und packte die Schubkarre wieder voll mit Mist. „Wie meinst du das?“

„Jetzt, wo so viele Fremde auf Lindenhain herumschleichen.“

„Ohne Feriengäste geht's nun mal nicht, wie wir beide schmerzlich erfahren mussten. Lindenhain braucht die Kohle“, erwiderte Nick ernst.

Carolin, die sich inzwischen Striegel und Bürste geholt hatte, bearbeitete nun Sternentänzers Fell. „Ich meinte eigentlich Julia und diesen Rüdiger Gärtner, diesen Reporter.“

Nick wischte sich mit der Hand über die Stirn. „Stimmt. Diese Julia ist echt 'ne Megazicke. Eingebildet bis zum Geht-nicht-mehr. Und dieser aufgeblasene

Möchtegern-Starreporter bietet auch gerade keinen erfreulichen Anblick ..."

„Wie findest du eigentlich Timo?"

Nick jagte die Gabel kräftig in den Mist. „An dem Typ ist was oberfaul, Caro. Das spür ich! Glasklar!"

Carolin nahm sich nun Sternentänzers Schweif vor. „Das sagst du doch nur, weil du ihn nicht ausstehen kannst!"

„Quatsch! Du wirst schon sehen, dass ich Recht hab, Caro." Nick donnerte die Mistgabel so schwungvoll in die Karre, dass sie geräuschvoll umkippte. „Oh nein!"

Die beiden waren so in das Gespräch vertieft und mit ihrer Arbeit beschäftigt, dass sie nicht merkten, wie sich leise die Stalltür öffnete und sich jemand heimlich in eine der leeren Boxen schlich, wo er jedes Wort mithören konnte.

„Hm", machte Carolin. „Du weißt, dass ich auf dein Urteil viel gebe und dir vertraue wie kaum einem anderen, Nick. Daher hab ich dir auch Sternentänzers Geheimnis anvertraut."

Nick stellte die Schubkarre wieder auf. „Wie war das noch mal? Nay...noch was?!"

„Naytukskie Kukatos", grinste Carolin, „was in der Indianersprache ‚Der Stern' heißt." Carolin zupfte noch immer an Sternentänzers dichtem Schweifhaar herum. „Ich war total perplex, als ich damals bei der Internetrecherche auf die Ur-Ur-Ur-Vorfahren von Sternentänzer gestoßen bin. Das waren ja richtige Indianerpferde."

Nick hantierte weiterhin heftig mit seiner Gabel herum. „Ist ja eigentlich klar, dass ein Pferd mit einer solch außergewöhnlichen magischen Gabe, wie dein Sternentänzer sie besitzt, auch besondere Vorfahren haben muss."

„Bloß gut, dass niemand davon weiß." Carolin liebkoste ihren Sternentänzer und strich zärtlich über sein samtenes Fell. „Stimmt's, mein Schöner?" Dann hielt sie ihm die ausgestreckte Handfläche hin. „He, du zitterst ja. Hast du dich überanstrengt? Ist dir kalt? Ich hol dir eine Decke, mein Schöner." Ein lautes kraftvolles Wiehern erschütterte Sternentänzers Körper, sein Rücken spannte sich an. Er hielt seinen Kopf ganz starr und verspannt, seine Ohren waren flach nach hinten gelegt „Schscht, ganz ruhig! Was ist denn mit dir, mein Schöner?" Hätte Carolin genauer hingeschaut, hätte sie bemerkt, wie unruhig Sternentänzers große Augen flackerten und wie sein nervöser Blick fortwährend die Nachbarbox fixierte.

Lautlos klopfte sich Rüdiger das Stroh von der Hose, schlich so unauffällig wie möglich aus dem Stall und rauschte wie der Blitz nach Hause in seine winzige Zwei-Zimmer-Wohnung. Dort stellte er sofort den Computer an.

„Naytukskie Kukatus" gab er in die Suchmaschine ein. „Null Treffer".

„Mist, wie hieß denn gleich wieder dieser verdammte Gaul?", überlegte er. Kukatis? Null Treffer. Kaktus? Null Treffer.

„Verdammt, verdammt!“ Kukatos. Treffer.

„Na also.“

Naytukskie Kukatos, was in der Indianersprache „Der Stern“ bedeutet, ist schön wie der junge Morgen, stark wie ein Bär, schnell wie der Wind und schlau wie ein Fuchs. Er soll über eine außergewöhnliche Gabe verfügen. Er kann in die Zukunft blicken. Schnell spricht sich die Kunde herum und jeder ist bestrebt, dieses wunderschöne Pferd zu besitzen. Doch Unzählige sind an ihm gescheitert. Denn seine magischen Kräfte kann nur derjenige nutzen, der sein Vertrauen gewinnt.

„Mann, Mann, Mann!“ Rüdiger war ganz aus dem Häuschen. Er schnaufte tief durch und lehnte sich zurück. Zufrieden strich er über seinen dicken Bauch. „Indianerlegende. Pferd mit magischen Kräften. Geheimnisvolle Urahnen. Rüdiger, Rüdiger, wenn das nicht die Story deines Lebens ist, dann weiß ich auch nicht.“

Er raffte sich auf, goss sich in der Küche ein Gläschen Champagner ein und prostete in die Luft. „Auf Rüdiger Gärtner! Diese Story ist deine Eintrittskarte in eine goldene Zukunft, in die Welt der Reichen und Schönen.“ Er leerte das Glas und goss noch mal nach. „Adieu, Popelblatt Grünstädter Kreisbote. Hallo, Boulevardzeitung von Welt „Der Morgen“.

Nun hatte er es also geschafft! Er konnte aus diesem Kaff weggehen. Würde nie wieder Berichte über Kaninchenzuchtvereine, Geburtstage von 90-Jährigen oder öde Betriebsjubiläen schreiben müssen. Stattdessen stand ihm die große weite Welt offen. Er würde Promis, Filmsternchen und Spitzenpolitiker interviewen und richtig spannende Artikel zu Papier bringen. Die Verlage würden sich um die heißen Storys von Starreporter Rüdiger Gärtner reißen. Vielleicht bekam er ja sogar eine regelmäßige Kolumne: Gärtners Enthüllungen oder so. Diese Pferdestory jedenfalls bedeutete einen enormen Schritt nach oben auf seiner Karriereleiter. Zufrieden rieb er sich die Hände und haute in die Tastatur seines Computers. Eine Stunde lang. Zum Schluss las er sein Werk am Bildschirm nochmals durch. „Nee. Das reicht noch nicht." Frustriert schaltete er den Computer aus, zündete sich eine Zigarette an und tigerte im Raum auf und ab. „Das ist es noch nicht. Da fehlt der ultimative Kick. Ich brauch mehr Fleisch, mehr Infos." Rüdiger blies dicke Kringel in die Luft. „Der Artikel muss ein Meisterwerk werden." Kurz entschlossen schulterte er seine Kamera und fuhr zurück nach Lindenhain.

Was will der denn schon wieder hier? Carolin wollte sich gerade auf den Heimweg machen, als Rüdigers Wagen auf den Hof rollte.

„Momentchen noch, Caro, hast du kurz Zeit für mich?", rief ihr Rüdiger aus dem offenen Autofenster zu.

„Meinetwegen, aber nicht lang." Carolin wartete, bis er ausgestiegen war.

„Sag mal", begann er gleich. „Von dir weiß ich ja schon eine ganze Menge, aber ich hätte gern mehr über dein Pferd gewusst. Für meinen Artikel. Da brauch ich ein paar Hintergrundinformationen, verstehst du?"

Carolin schluckte. Das war der Moment, den sie gefürchtet hatte wie der Teufel das Weihwasser. „Da gibt's nichts zu wissen, Sternentänzer ist ein ganz normales Pferd. Wie jedes andere auch. Er hat vier Beine, Kopf, vier Hufe."

„Na ja, ganz normal wohl nicht. Er ist schon ausgesprochen schön und ... außergewöhnlich begabt."

Als Carolin hörte, wie er das Wort „begabt" aussprach und wie seine kleinen Fischaugen dabei fies glänzten, wurde ihr beinahe schlecht. *Langsam, Carolin! Bleib ganz ruhig! Er kann gar nichts wissen. Woher auch? Er stochert nur im Trüben. Er will dich reinlegen. Lass dich nicht aufs Glatteis führen. Du hast einfach nur Panik.* „Sternentänzer lernt schnell, das stimmt", sagte sie knapp. „Er ist sehr intelligent."

„Sag mal, woher hast du das Pferd eigentlich?"

Carolin hielt die Luft an. Sie fand ihn immer widerlicher. Mit seinen kleinen, hässlichen wasserblauen Augen, die auf jedes Wort von ihr lauerten. „Gekauft."

„Gekauft, soso. Von wem denn? Wer war der Vorbesitzer? Es war doch sicherlich teuer? Woher hattest du denn so viel Geld? Sind deine Eltern so reich?"

Carolins Herz rutschte ganz tief in ihre dunkelblaue Cargohose. Ein paar Sekunden vergingen. Carolin erstarrte. *Er ahnt was. Er muss was ahnen. Sonst würde er nicht so gemeine Fragen stellen.*

„Was hast du denn Caro, du wirst ja plötzlich richtig nervös. Man könnte meinen, du hättest Angst vor mir?" Carolin wich zurück. Sein ekliges Schwabbelgesicht schien dennoch immer näher zu kommen. „Dabei würde ich mir wünschen, dass wir Freunde werden, du und ich. Dass wir mal zusammen ausreiten. Vielleicht lässt du mich ja auch mal auf deinem wunderschönen Pferd reiten.“

Carolin zitterte jetzt am ganzen Leib. Der Reporter kam ihr plötzlich vor wie der böse Damit-ich-dich-besser-fressen-kann-Wolf aus Rotkäppchen.

„He, Caro, du bist ja noch hier!“, ertönte da Nicks Stimme.

Gott sei Dank! Dich schickt der Himmel! Carolin war erleichtert.

Nick schleppte zwei Büschel Stroh an. „Bevor du hier nur rumlungerst, kannst du mir auch beim Einstreuen helfen“, sagte er und grinste frech.

„Nein, ich ... ich muss heim, meine Mutter wartet schon“, stammelte Carolin, schwang sich auf ihr Rad und flitzte vom Hof. *Caro, mach dich nicht verrückt!*, versuchte sie sich zu beruhigen. *Er kann nichts wissen. Woher denn auch? Nur Lina und Nick wissen Bescheid. Oh Gott, und Frank Stone, Sternentänzers Vorbesitzer, ein übler Gangster. Was, wenn er Rüdiger alles erzählt hatte?* Fragen über Fragen, aber keine Antworten. *Ganz ruhig, Caro! Stone ist weit weg. Deine Fantasie spielt dir üble Scherze, das ist alles. Reporter spinnen so rum. Sie müssen Geschichten erfinden. Das ist ihr Job. Komm wieder runter, Carolin Baumgarten!* Sie atmete tief durch und legte den Kopf zurück. Es nieselte ein bisschen. Die Tropfen fühlten sich wie winzig kleine Nadelstiche auf ihrer Haut an. *Alles ist in Ordnung, kein Grund zur Sorge.*

Ein Wunderpferd?

Am nächsten Tag weckten Carolin helle Sonnenstreifen. Frühmorgendlicher Sonnenschein strömte durch die Ritzen der heruntergelassenen Jalousie und malte gelb leuchtende Bänder auf die Wände ihres Zimmers. Sie reckte sich genüsslich. An so einem Sonnentag konnte eigentlich nichts schief gehen. Wider Erwarten hatte sie ausgezeichnet geschlafen. Weder von fiesen Reportern noch von bösen Wölfen oder miserablen Schulnoten geträumt. Ines war schon weg, als Carolin gewaschen und gekämmt in die Küche stiefelte. Ein gelber Zettel klebte am Erdbeermarmeladenglas. „Musste heute schon früher weg, bis später, Kuss Ines.“

Carolin bereitete sich ihren Kakao zu und gönnte sich zur Abwechslung ein Brot mit fingerdick Schokocreme drauf. *Schokolade ist gut für die Nerven, also!* Sie drehte das Radio auf volle Lautstärke und tanzte mit ihrem Schokobrot ausgelassen durch die Küche. „Einen wunderschönen guten Morgen allerseits, hier ist Ihr Radio AFXN 108.40. Wir haben um halb acht die Wetteraussichten für Sie.“

Verflixt, schon so spät! Mit dem Schokobrot im Mund schlüpfte Carolin in Jacke und Schuhe und raste aus dem Haus. Als sie bei der Bäckerei Bauer vorbeiradelte und ins Schaufenster blickte, winkte ihr die Verkäuferin aufgeregt zu. Carolin zuckte die Schultern, doch die Verkäuferin winkte weiter. *Komisch! Aber vielleicht hat ja Ines was zurücklegen lassen, was ich mitnehmen soll.* So flitzte sie doch schnell in den Laden.

„Was gibt's denn?", erkundigte sie sich.

Die Verkäuferin lehnte sich weit über die Auslage mit den Croissants, Kuchen, Torten, Brezeln und Plunderteilchen und sah Carolin mit großen fragenden Augen an. „Sag mal, Carolin, klär mich auf, ist das denn wahr, was da in der Zeitung steht?"

„Wie bitte? Worum geht's denn?"

„Na, dass du ein magisches Wunderpferd hast?!"

„W-wa...", stammelte Carolin fassungslos. *Erdboden, tu dich auf!*

„Sag bloß, du hast es noch gar nicht gelesen? Im Grünstädter Kreisboten steht es: Dein Pferd Sternentänzer soll von einem Indianerhengst abstammen und magische Fähigkeiten besitzen."

Das ist alles nicht wahr! Das ist ein Albtraum. Ein böser fieser Albtraum. Carolin schloss die Augen, zwickte sich in den Arm, öffnete die Augen wieder. Die Verkäuferin war immer noch da. „Carolin, ist dir nicht gut? Du bist ja plötzlich ganz blass!", fragte sie besorgt.

Der Albtraum hörte nicht auf.

„Hier, Carolin." Die Verkäuferin reichte ihr über die Croissants, Kuchen und Torten eine Zeitung. „Lies selbst. Dachte mir doch gleich, dass das alles völliger Humbug ist. Diese ollen Schmierfinken!" Sie schüttelte empört den Kopf. „Nichts kann man mehr glauben in der heutigen Zeit. Nicht mal das, was man schwarz auf weiß liest."

Carolin packte die Zeitung und rannte aus der Bäckerei. Sie setzte sich auf ihr Rad und fuhr los. Die Zeitung in der Hand. Einfach nur weg von hier. Irgendwann hielt sie an und schlug die Zeitung auf. *Nachwuchsstar mit Wunderwaffe auf vier Beinen! Von Rüdiger Gärtner.* Carolin zitterte vor Wut. *Du verdammter Mistkerl, ich könnte dich erwürgen. Warum tust du mir das an? Was hab ich dir getan?*

Sie las weiter: *... Es gibt eine uralte Indianerlegende, die besagt, dass einmal ein Pferd mit magischen Fähigkeiten geboren wurde. Dieses Pferd heißt übersetzt „Der Stern". Es ist wunderschön und stark und trägt einen schwarzen Stern auf der Stirn. Was hat das mit uns in Lilienthal zu tun?, werden Sie fragen. Vielleicht viel. Denn auf dem Reiterhof Lindenhain gibt es ein Pferd, das wunderschön und stark ist, einen schwarzen Stern auf der Stirn hat und „Sternentänzer" heißt. Es gehört dem Nachwuchstalent Carolin Baumgarten, dem neuen Star am Reithimmel. Sie trainiert mit Sternentänzer für das große Turnier auf Espenlaub. Sie gilt als ganz große Favoritin. Warum? Weil sie so gut ist oder weil ihr Pferd so außergewöhnlich ist? Weil ihr Pferd kann, was andere Pferde nicht können? Weil ihr Pferd von diesem besonderen Indianerpferd abstammt? ...*

„Verdammter Mist", schimpfte Carolin vor sich hin. Sie

zerknüllte die Zeitung und trat mit voller Wucht in die Hecke neben dem Weg. Carolin war sauer und wütend und traurig! Lange kurvte sie ziellos kreuz und quer durch die Straßen. Sie wollte niemanden sehen, mit niemandem sprechen.

Natürlich kam sie eine halbe Stunde zu spät in die Schule. In der ersten Stunde hatte sie Englisch bei Miss Peggy Strawberry. Die Lehrerin sah Carolin ziemlich ärgerlich an, als die leichenblass in das Klassenzimmer gestolpert kam. „My dear Carol, you are a little too late." Sie nannte Carolin immer Carol.

„Sorry", murmelte Carolin. „Mir war total übel."

„Say it in English!"

Lass mich doch in Ruhe! „I was bad."

Miss Strawberry schnalzte mit der Zunge. „Aber Carol! *I was bad* heißt: *Ich war böse*. Das solltest du doch langsam wissen. *I feel bad* würde heißen: *Ich fühle mich schlecht.* Oder in der Vergangenheitsform: *I felt bad.*"

Carolin sank schweigend auf ihren Stuhl.

„Hättest dir einen Zaubertrunk von deinem Zauberpferd mixen lassen sollen", warf Julia höhnisch in den Raum und hielt den Zeitungsartikel in die Höhe.

Sie hat diesen verdammten Artikel! Carolin wäre am liebsten im Erdboden verschwunden. Für immer.

Die anderen in der Klasse, die offenbar auch alle Bescheid wussten, brüllten vor Lachen.

Miss Strawberry klopfte mit dem Lineal auf das Pult.

„Quiet, please! Quiet! Julia, it's enough! Put the paper away. Now!"

Doch Julia ließ sich überhaupt nicht beirren und wedelte die Zeitung weiter wie eine Fahne durch die Luft. „Caro hat ein Zauberpferd", machte sie sich dabei immer wieder lustig.

Lina griff unter dem Pult nach Carolins Hand und drückte sie beruhigend. Reg dich nicht auf! sollte das heißen.

„Julia, this is my very last warning!" Peggy Strawberrys Blick sagte, dass sie es ernst meinte und Julia packte die Zeitung weg. Doch sofort nach dem Ende der Stunde, als Miss Strawberry den Raum verlassen hatte, holte sie sie wieder hervor und begann laut und hämisch den Artikel vorzulesen. Carolin sprang erbost auf und wollte ihr die Zeitung wegreißen, erwischte aber nur einen Teil und riss sie auseinander. Julia stand auf und baute sich ihr gegenüber auf. Jede hielt eine Zeitungshälfte in der Hand, Carolins Augen blitzten zornig. Julia grinste breit. „Und? Wie funktioniert dein Zauberpferd? Etwa so? Caro kniet im Wald, bei Vollmond und sagt Abrakadabra, Simsalabim oder Hexhex und ihr Pferdchen faucht, raucht aus den Ohren und bekommt knallrote Augen oder noch besser Flügel?!"

Die ganze Klasse stand um sie herum und hielt sich vor Lachen den Bauch. Carolin bebte vor Wut. Ballte die Fäuste. Biss sich auf die Unterlippe.

„Und dann fliegen sie davon, Caro und ihr Zauberpferdchen, ins Reich der Finsternis", spottete Julia munter weiter.

Genug! Basta! Mit einem Satz hechtete Carolin auf Julia zu und packte sie an ihren langen blonden Haaren. „Ahiii, lass das!“, quiekte Julia, doch Carolin zog nur noch fester. „Halt endlich dein doofes Lästermaul!“, raunte sie ihr gerade zu, als sie von hinten sachte weggezogen wurde. „Ahiii, meine Haare!“

Es war Lina. „Beruhig dich, Caro! Lass die dumme Pute. Es lohnt sich nicht“, redete sie beschwichtigend auf die Freundin ein.

Da ließ Carolin Julia urplötzlich mit einem Ruck los, sodass die nach hinten taumelte. Carolin stolperte gegen Lina, richtete sich aber schnell wieder auf. In der Hand hielt sie ein dickes Büschel von Julias schönen blonden Haaren. Julia rieb sich stöhnend die schmerzende Stelle am Kopf.

Wütend pfefferte Carolin die Haare in den Papierkorb und versuchte sich zu beruhigen. Doch sie war völlig aufgebracht. Als Pfefferbeißer kurz darauf das Klassenzimmer betrat, bebte ihr ganzer Körper noch immer.

In der Pause nahm Lina sie sicherheitshalber sofort an der Hand und zog sie hinaus auf den Schulhof. „Caro, Caro“, kicherte sie. „Ich wusste gar nicht, dass du so zugreifen kannst.“

„Zugreifen?“, fauchte Carolin. „Julia hat mich provoziert. Sie hat angefangen. Ich konnte gar nicht anders!“ Sie sank in sich zusammen. „Richtig schlimm aber ist, dass jetzt jeder Sternentänzers Geheimnis kennt, Lina. Jeder, der diese verdammte Zeitung gelesen hat. Darum bin ich so wütend."

„Lohnt sich gar nicht, Caro!" Lina kramte aus einer Tasche in ihren weiten Röcken ein Stück Papier hervor und faltete es auf.

„Was ist denn das?", fragte Carolin entgeistert.

„Eine Kopie von dem Artikel."

„Wo hast du die denn her?"

„Hat Julia vor der Schule verteilt."

Carolin ballte erzürnt die Fäuste. „Ich könnte sie ..."

„Warte mal, Caro! In dem Artikel steht nur Unsinn. Lauter Vermutungen, Fragen, Legenden. Wenn ich nicht wüsste, dass Sternentänzer tatsächlich ein Geheimnis umgibt, würde ich das für totalen Quatsch halten. Vielleicht für einen verfrühten Aprilscherz. Ich würde jedenfalls kein einziges Wort glauben."

„Meinst du echt?"

Lina nickte eindringlich. „Ich schwör's dir. Julia hat sich doch auch nur lustig gemacht. Die glaubt das nicht eine Minute. Niemand wird das glauben, Caro. Weil es auch viel zu unglaublich ist!"

Carolin atmete tief durch und wurde ein klein wenig ruhiger. „Aber was, wenn diese schmierige Qualle von Rüdiger mehr weiß, als er geschrieben hat?"

„Wenn er was wüsste, hätte er es auch geschrieben. Hat er aber nicht. Lies mal alles in Ruhe durch."

Carolin ging den Artikel nun in Ruhe Wort für Wort durch. „Vermutlich hast du Recht", gab sie zu. Dann huschte ein Lächeln über ihr Gesicht. „Trotzdem bereue ich es nicht eine Sekunde, dass ich es dieser Ziege mal so richtig gezeigt habe.“

Lina legte den Arm um die Freundin. „Du warst eine Heldin!“

„Sehr witzig.“ Carolin boxte sie in die Seite.

Lina packte schnell ihre Haare weg. „Hilfe, Hilfe, nicht meine Haare!“

Die beiden Freundinnen grinsten sich an und prusteten lauthals los.

Als Carolin von der Schule nach Hause kam, war Ines bereits da und machte gerade die Reste des Eintopfs von gestern Abend warm. Dabei blätterte sie ein paar Prospekte durch und trug gelegentlich Zahlen in ein Bestellformular ein.

„Hi Mam.“ Carolin schnupperte in der Küche herum. Der Eintopf hatte ihr schon gestern nicht geschmeckt, jetzt gab es ihn schon wieder. „Ich hab keinen Hunger.“

Ines sah von ihrem Papierkram auf. „Sag mal, Caro, was soll eigentlich diese eigenartige Geschichte mit dem Zauberpferd?“

„Wie, was meinst du?“, stammelte Carolin verlegen.

„Ich wusste gar nichts davon, Florentine hat mich darauf angesprochen.“

„Äh, ich, äh ...“ *Und jetzt? Ines alles erklären? Die Wahrheit über Sternentänzer und seine Gabe sagen? Alles wegschwindeln? Gar nichts sagen?*

Ines klemmte den Stift hinters Ohr. „Weißt du, Caro,

wer gut ist, hat immer Neider. Das liegt in der Natur der Sache. Da kommen manche auf die merkwürdigsten Methoden, um den Sieg des anderen zu schmälern. Lass dich nicht beirren!"

„Wie meinst du das?" *Lina, du hattest Recht und ich bin völlig umsonst ausgerastet!*

„Ich vermute, ein Konkurrent hat diesen dämlichen Artikel der Zeitung zugeschustert. Florentine ist übrigens der gleichen Meinung."

„Mam ..." Carolin schnupperte wieder.

„Also, lass dich von so einem Geschreibsel nicht durcheinander bringen! Das ist einfach nur lächerlich. Konzentrier dich weiter auf dein Training."

„Mam!"

„Was denn?"

Carolin rümpfte die Nase. „Mam. Es riecht verbrannt!"

„Oh je!" Ines stürmte zum Herd, wo der Eintopf munter vor sich hin blubberte. Sie rührte um und holte dabei einen Löffel verbrannter Masse vom Topfboden hoch. „So was Dummes! Den kann ich wegkippen."

Mit einer Tiefkühlpizza *Margherita* im Bauch radelte Carolin fröhlich pfeifend am Nachmittag nach Lindenhain. Der Turniertag rückte immer näher und sie hatte beschlossen sich künftig nur noch auf das Training zu konzentrieren. Es war inzwischen November und der Monat machte seinem Namen alle Ehre. Dichte Nebelschwaden hingen über dem Boden, sodass es aussah, als würde die Welt hinter den Hügeln von Lindenhain enden. Alles war grau in grau, trist und kühl, aber wenigstens regnete es nicht. Vor dem Gästehaus parkten Autos in zwei Reihen, auf der Terrasse standen ein paar Jungs und rauchten. Zwei kleine Mädchen trabten auf den Ponys Stella und Sophia quer über den Hof in Richtung Stall. Die dicke Sophia, die gerne biss, wenn etwas nicht nach ihrem Willen ging, gehörte schon lange zu Lindenhain, doch das gefleckte Shetlandpony Stella hatte Gunnar erst vor kurzem gekauft. Carolin empfand es immer noch als merkwürdig, wenn auf Lindenhain überall Leute herumschwirrten. Gunnar allerdings war hochzufrieden mit dem großen Andrang. Ab und zu liebäugelte er sogar damit, noch ein Café dazuzubauen: *Reitcafé Lindenhain*. Doch Vicky stoppte ihn immer. Wer soll die ganze Arbeit machen?, fragte sie jedes Mal. In einem Café muss du auch etwas zum Essen anbieten oder wenigstens Kuchen. Soll ich den vielleicht backen? Spätestens an diesem Punkt verwarf Gunnar seinen Plan ganz rasch.

Halb drei. Für drei Uhr hatte sie Training mit Timo vereinbart. Carolin stellte ihr Bike ab und lief ins Haupthaus. Gunnar saß an seinem Schreibtisch, hatte die Füße hochgelegt und blätterte in einer Sportzeitschrift.

„Hallo, Gunnar."

„Na Caro." Er grinste von einem Ohr zum anderen. „Du warst ja schon wieder auf der Titelseite des Grünstädter Kreisboten. Rekordverdächtig!"

Carolin wehrte nur genervt ab.

„Ärger dich nicht, Caro! Lass ihn doch schreiben, was

er will. Das Schöne daran ist jedenfalls, es bringt massig Gäste."

„Ich find's nur total nervig", knurrte Carolin und lehnte sich gegen den Türrahmen. „Ich versteh überhaupt nicht, wie er auf so einen Unsinn kommt."

Gunnar streckte sich wohlig. „Musst den Quatsch ja nicht lesen."

„Ich könnte diesem Schreiberling den Hals umdrehen", murmelte sie.

Gunnar nahm die Füße vom Tisch. „Caro, das wirst du mal hübsch bleiben lassen. Und gewöhn dich besser an seinen Anblick."

„Warum das denn?"

„Weil sich Reporter Rüdiger Gärtner bei uns als Feriengast angemeldet hat."

Carolin erstarrte. „Das ist nicht wahr, Gunnar! Das war ein Scherz, oder? Ein kleiner, gemeiner Scherz!"

Gunnar zuckte die Schultern. „Kein Scherz, Caro. Er zieht bereits heute ein. Vicky richtet gerade sein Zimmer her. Er soll's ja schön haben bei uns, sonst schreibt er am Ende noch schlecht über Lindenhain."

„Bitte Gunnar, das kannst du nicht zulassen!", flehte ihn Carolin an.

„Ich kann's ihm nicht verbieten, Caro. Außerdem kommt so Kohle in die Kasse."

Na super! Carolin rannte aufgebracht zu Sternentänzer in den Stall, wo sie von einem lauten Wiehern begrüßt wurde. Liebevoll streichelte sie seinen Kopf, die großen Nüstern, die samtweichen Stirnhaare über dem wunderschönen kleinen schwarzen Stern. „Sternentänzer, ich hab Angst um dich“, murmelte sie. Der Hengst rieb vorsichtig seinen Kopf an ihrer Schulter, dann blickte er sie mit seinen dunkel schimmernden Augen an. Sein Blick ging Carolin durch und durch und sie merkte, wie sie etwas ruhiger wurde. Es war etwas ganz Eigenartiges, das von Sternentänzer ausging. Ein ganz besonderer Zauber. Man konnte ihn nicht sehen, nur fühlen. „Wir müssen dein Geheimnis hüten, Sternentänzer. Aber ich habe große Angst, dass wir das nicht schaffen“, flüsterte sie, während sie ihn weiter liebkoste. Sternentänzer berührte sie sanft mit seinen weichen Lippen. Sie fühlten sich ganz zart an. Er blähte die Nüstern, ein wohliges Schnauben entrang sich seiner Brust. Auf einmal legte das Pferd den Kopf entschlossen auf ihre Schulter. Carolins Körper durchströmte ein warmer, gewaltiger Schauer.

Sie war ganz vertieft, sodass sie gar nicht bemerkt hatte, dass sie nicht mehr allein im Stall war. Erst ein lautes Kichern schreckte sie auf.

„Ich könnte dich als meinen Privatlehrer anstellen.“ Julias Stimme. „Und du trainierst nur noch mich.“

„So viel Geld hast du nicht.“ Timo.

„Hab ich doch oder besser meine Eltern. Die sind schwerreich, denen gehört nämlich die Strumpffabrik *Cecilia*.“

Pause. Rascheln. Wieder ein Kichern. Dann Timos Stimme. „Du bist eins der größten Talente, die ich in den letzten Jahren trainieren durfte, Julia.“

Carolin ballte verärgert die Fäuste. *Den gleichen Satz hast du noch vor ein paar Wochen zu mir gesagt, gemeiner Verräter!*

„Bei so einem Trainer ist das kein Wunder!“ Julias Stimme war ganz weich. „Du bist auch klasse! Und siehst aus wie jemand aus einer Boygroup. Nicht so langweilig wie all die pickligen Jungs bei uns in Lilienthal.“

Das darf ja wohl nicht wahr sein! Das Biest macht sich doch tatsächlich an Timo ran! Geh bloß nicht drauf ein, Timo!

„Du bist aber auch ein sehr hübsches Mädchen, Julia.“ Timo klatschte in die Hände. „Und jetzt hopp, hopp! Wir sind ja schließlich hier um reiten zu lernen, nicht wahr! Und ich habe jetzt gleich Training mit Carolin.“

Haha. Ätsch! Abgeblitzt!

Pause. Dann Julias Stimme. „Reitet Carolin eigentlich richtig gut?“

Ein knappes „Ja“ von Timo.

Pause. „Denkst du, sie gewinnt das Turnier?“

Carolin hielt vor Aufregung die Luft an. *Sag ja, sag ja, sag ja!*

„Es wird derjenige das Turnier gewinnen, der zuerst durchs Ziel läuft.“

Pause. Schritte.

„Hallo, Timo.“ *Oh Schreck, Rüdiger Gärtners Stimme! Auch das noch!*

„Sag mal, Timo, du trainierst Carolin und Sternentänzer doch schon eine ganze Weile.“

„Ja, und?“

„Ist dir an dem Pferd etwas aufgefallen? Etwas Ungewöhnliches? Geheimnisvolles? Hat Carolin je eine Andeutung gemacht? Oder etwas Merkwürdiges mit dem Pferd getan?"

„Oh ja, Caro hat mir das Geheimnis von Sternentänzer verraten." Timos Stimme.

Carolin erstarrte vor Schreck. *Was hieß das denn?*

„Ist ja interessant. Erzähl, was ist es denn?"

„Bei Vollmond verwandelt sich Sternentänzer in einen Werwolf", antwortete Timo boshaft und verließ laut lachend den Stall.

Carolin kaute auf ihrer Unterlippe, wie sie es immer tat, wenn sie nervös war. *Was weiß Rüdiger? Kennt er Sternentänzers Geheimnis schon und sucht nur nach einer Bestätigung? Ahnt er nur etwas oder stochert er im Trüben? Eins ist klar: Er hat sich auf Lindenhain eingenistet um besser schnüffeln zu können. Was, wenn er Sternentänzers Geheimnis entdeckt? Wenn er beweisen kann, dass Sternentänzer magische Kräfte besitzt?* Nicht auszudenken! Bei dem Gedanken liefen Carolin eiskalte Schauer über den Rücken. Sie schlang ihre Arme um Sternentänzers Hals. „Wir müssen verdammt vorsichtig sein, mein Schöner. Wir werden in Vollmondnächten nicht mehr ausreiten."

Rettung für Ami?

Carolin hockte im Gemeinschaftsraum und schlürfte heißen Kakao. Fast alle Tische waren von Feriengästen besetzt, überall war Gekicher und Geplapper zu hören. Mit ein wenig Wehmut dachte Carolin an die Zeit zurück, als der Gemeinschaftsraum nur ihnen gehört hatte.

Nick holte sich einen Cappuccino aus dem Automaten und ließ sich ihr gegenüber auf einen Stuhl fallen.

„Hi Caro."

„Hi Nick." Carolins Blick fiel auf Nicks Hände und sie erschrak fürchterlich. Sie waren knallrot, so, als hätte er gerade jemanden umgebracht. „Was hast du denn gemacht?"

Nick drehte seine Hände hin und her. „Hab gerade diesen fiesen Rüdiger abgemurkst."

„Du hast was?" Carolin bekam einen Hustenanfall.

„Reingefallen! Ist nur Rote Beete."

„Bitte?"

„Ich habe unsere süßen Pferdchen zur Abwechslung mal mit Roter Beete gefüttert. Wer mag denn schon immer nur Möhren und Äpfel?"

Carolin sah ihn fassungslos an. „Rote Beete ist doch voll eklig! Schon die Farbe!"

„Aber äußerst gesund. Caro, du glaubst nicht, was die Pferde auf Espenlaub bekommen. Alles. Melonen, Weintrauben, Bananen, Rote und Weiße Rüben. Unglaublich! Und da dachte ich, auch bei uns könnte ein wenig Abwechslung auf dem Speiseplan nicht schaden."

Carolin runzelte die Stirn. „Wenn Espenlaub so spannend war, warum hast du dich dann entschieden, doch nach Lindenhain zurückzukommen?"

Nick beugte sich weit über den Tisch zu ihr. „Ganz ehrlich?"

„Na klar!"

„Lindenhain ist mein Zuhause. Immer gewesen und wird es immer sein." Nick lächelte. „Es gibt so viele Erinnerungen, die mich mit diesem Hof und den Menschen hier verbinden."

Carolin pustete in ihre Tasse. „Aber du fandest Espenlaub doch toll!"

„Hey, klar. Das ist auch ein cooler Reiterhof. Hast du ja selbst gesehen. Todschick, viel größer als Lindenhain, spitzenmäßig ausgerüstet, aber so richtig wohl gefühlt hab ich mich dort nie."

Carolin wedelte mit dem Löffel. „Obwohl du so schicke Kolleginnen hattest?"

„Wen meinst du?"

„Ein ziemlich hübsches Mädchen mit langen blonden Haaren ..."

„Oh nee." Nick winkte ab. „Du meinst bestimmt Ann-Kathrin? Die ist so was von arrogant und zickig, das glaubst du gar nicht. Dagegen ist Julia der Liebreiz in Person. Ann-Kathrin hat mich grad mal gegrüßt, mehr nicht. Wie die meisten übrigens. Die halten sich für was Besseres. Da war ich nur ein kleiner Pferdepfleger." Nick stand auf und zog eine Tüte Gummibärchen aus dem Automaten. „Nicht meine Welt!"

Carolin rührte nachdenklich in ihrer Tasse. Sie musste wieder an ihre Vision und das blonde Mädchen denken, das sie nur von hinten gesehen hatte. „Sag mal, diese Ann-Kathrin, reitet die gut?"

Mit einem lauten Knall öffnete Nick die Tüte und ließ die Bärchen auf den Tisch kullern. „Ja, das muss man ihr lassen. Im Sattel ist sie einsame Spitze."

„Macht sie eigentlich auch Distanzreiten? Ich meine turniermäßig?"

Nick sortierte die Gummibärchen hingebungsvoll nach Farben. „Die macht alles."

Alles klar! Dann ist möglicherweise Ann-Kathrin das Mädchen, das mir in der Vision so bekannt vorkam, überlegte Carolin. *Klar, wer auch sonst?*

„Hier!" Nick schob Carolin das Häufchen mit den weißen Bärchen über den Tisch hin zu. „Ist doch deine Lieblingssorte!"

Carolin machte sich gleich darüber her und steckte eins in ihren Mund. „Lecker! Dass du das noch weißt!"

„Tag auch, darf man sich dazusetzen?" Noch bevor jemand antworten konnte, hatte sich Rüdiger bereits auf den Stuhl neben Carolin gepflanzt.

„Na, Carolin, heute schon fleißig mit Sternentänzer trainiert?", erkundigte er sich leutselig.

„Ja."

Mit seinen fiesen, kleinen Augen nahm er Carolin ins Visier wie die Schlange das Kaninchen, sein Doppelkinn wabbelte. „Ich hab mir deinen Sternentänzer mal genauer angeschaut. Dieser kleine schwarze Stern auf seiner Stirn ist schon ein ganz ungewöhnliches Abzeichen."

Rüdiger war bei Sternentänzer!! Allein der Gedanke, dass dieser Fiesling ihr geliebtes Pferd berührt haben könnte, rief bei Carolin Übelkeit hervor. Ein entsetzliches Gefühl, eine Mischung aus Angst und Hilflosigkeit überkam sie.

„Ach was", sprang Nick schnell ein. „Ich hab so einen Stern schon dutzendfach gesehen. Eine Laune der Natur, kommt immer wieder mal vor. Wie rote Haare bei Menschen." Was natürlich nicht stimmte.

„Du hast doch sicherlich einen detaillierten Stammbaum von deinem Pferd?" Und wieder richteten sich Rüdigers Augen wie Scheinwerfer auf Carolin. Als würde er darauf warten, dass sie sich mit einem Wimpernschlag verriet.

„Geht Sie eigentlich nichts an, würde ich sagen", kam ihr glücklicherweise wieder Nick zu Hilfe.

„Wissen Sie was?" Rüdigers fischblaue Augen fixierten nun Nick. „Ich wundere mich doch sehr, warum Sie Carolin so heftig verteidigen müssen. Da könnte man doch glatt vermuten, dass sie etwas zu verbergen hat. Und dass Sie von diesem Geheimnis wissen."

„Was hat der Typ eigentlich mit dir?", fragte Nick Caro, während er die Gummibärchen zurück in die Tüte fegte. Dann wendete er sich wieder Rüdiger zu: „Ich denke, es reicht! Wenn Sie Caro nicht in Ruhe lassen, bekommen Sie es mit mir zu tun, kapiert?“ Mit diesen Worten erhob er sich und zog Carolin mit sich fort. „Einen schönen Tag noch!“

Nick begleitete Carolin bis zur Stalltür. „Dieser Schnüffler lässt echt nicht locker. Der wittert die Story seines Lebens.“

Carolin fuhr sich durch die Haare. „Ich bin so froh, wenn das Turnier endlich gelaufen ist. Dann ist dieser Albtraum hoffentlich auch endlich vorbei! Ich hab so eine Angst, dass er alles herausfindet!“

„Ach was.“ Nick zwickte sie liebevoll in die Nase. „Du musst nur aufpassen, dass du nichts tust, was seinen Verdacht bestätigen könnte. Denn eins ist sicher, der Typ wird sich hartnäckig an deine Fersen heften.“

„Ich weiß.“ Carolin stieß schwungvoll die Stalltür auf. „Dann bis später.“

„Jo.“

In der Stallgasse tauchten auf einmal zwei Gestalten auf und huschten an Carolin vorbei: Timo und Julia. Beide murmelten nur einen kurzen Gruß, hatten hochrote Gesichter und Strohhalme in den Haaren. Carolin blickte ihnen mit großen Augen hinterher. *Was geht denn hier ab?*

Carolin saß auf ihrem Lieblingsplatz, dem Holzgatter um die große Koppel, und verfolgte, wie ihr geliebter Sternentänzer mit wild flatternder Mähne und aufgestelltem Schweif über die Weide galoppierte. Da stand auf einmal Lina neben ihr. Zum ersten Mal seit langem tauchte sie wieder auf Lindenhain auf!

Carolin freute sich die Freundin zu sehen. „Lina! Wie wär's, wollen wir mal wieder zusammen ausreiten? Ich auf Sternentänzer, du nimmst Marhaba? So wie früher!"

„Nein." Lina schüttelte energisch den Kopf.

Carolin sah sie an. Ihre Freundin sah erbärmlich aus. Sie hatte rot geweinte Augen und eingefallene Wangen. Ihre Röcke hingen auf der Hüfte. Offenbar hatte sie ziemlich abgenommen.

Carolin hüpfte vom Zaun und stellte sich neben Lina. „Ist was mit Ami?"

Lina zuckte die Achseln. „Wir haben alle große Angst, dass sie stirbt, Caro."

„Ihr müsst einen Arzt holen. Lina."

Lina legte das Kinn auf das Koppelgatter. „Haben wir schon. Gegen ihren Willen. Er hat Ami von oben bis unten durchgecheckt, aber nichts gefunden. Medizinisch gesehen fehlt ihr nichts, meinte er. Er konnte nichts tun." Lina atmete tief durch, eine Träne kullerte über ihre Wange. „Ich kann nicht tatenlos zusehen, wie Ami stirbt, Caro. Ich muss etwas unternehmen."

Carolin streichelte über das wilde Haar der Freundin. „Was denn?"

Lina hob den Kopf. „Ich werde ein Heilungsritual durchführen."

„Wie?"

„Erinnerst du dich an die kleine Truhe mit dem Schloss in Amis Schlafzimmer?"

Carolin nickte.

„Ich habe den Schlüssel gefunden und aufgesperrt." Sie schmunzelte. „War gar nicht schwer, ihn zu finden. Er lag neben dem Jasmintee. Ich glaube, Ami wollte, dass ich darauf stoße."

„Und weiter?"

„In der Truhe lagen viele verschieden große Schachteln. Alle fest verschlossen. Und ein Brief."

„Ein Brief?"

„Mit der Anleitung zu einem Heilungsritual."

Carolin klatschte freudig in die Hände. „Das ist doch super! Bestimmt kannst du Ami damit helfen!"

Lina sah Carolin mitleidig an. „Caro, das ist keine Anleitung wie zum Kuchenbacken oder Pizzateigrühren! Es ist gefährlich! Ich hab so ein Ritual noch nie durchgeführt und traue es mir nicht wirklich zu. Was, wenn ich etwas falsch mache? Wer weiß, was dann passieren kann!"

Carolin legte den Arm um die Freundin. „Du schaffst das, da bin ich ganz sicher."

Eine Weile standen die beiden schweigend nebeneinander und sahen den Pferden zu. Außer Sternentänzer tobten noch Marhaba, ein brauner Hengst mit schwarzer Mähne und schwarzem Schweif, und Shania, eine prächtige Fuchsstute, ausgelassen über die Weide.

„Da ist noch was, Caro", begann Lina dann mit leiser Stimme. „Der Grund, warum ich hier bin."

„Was denn?"

„Für das Heilungsritual brauche ich die Harissuma-Pflanze."

„Hä?"

„Das ist eine sehr seltene Pflanze, die nur zu ganz bestimmten Zeiten blüht“, klärte Lina sie immer noch mit leiser Stimme auf.

„Aber was hat das mit Lindenhain zu tun?“

„Caro, ich möchte dich um einen sehr großen Gefallen bitten.“

„Klar, jeden!“

Lina schnaufte ein paar Mal tief ein und aus. Man merkte, wie schwer es ihr fiel, die nächsten Worte über die Lippen zu bringen. „Ich wollte dich bitten, beim nächsten Vollmond mit Sternentänzer auszureiten und ihn zu befragen, wann diese Pflanze das nächste Mal blüht.“

Carolin schwieg. Sie blickte zu Sternentänzer, blickte auf den Hof, wo Rüdiger auf der alten Bank unter der Linde mit dem Laptop auf den Knien saß und sie beobachtete. Jede ihrer Bewegungen aufmerksam registrierte. *Nein, Lina, das kannst du nicht von mir verlangen! Das nicht! Lina, du weißt, dass Sternentänzer mein Leben ist und was momentan auf dem Spiel steht. Wie dieser Rüdiger darauf lauert, Sternentänzers Geheimnis zu entdecken. Das kann ich jetzt nicht für dich tun. Du bist meine beste Freundin, ich mag deine Ami wie meine eigene Großmutter, aber es geht nicht. Nicht jetzt. Wenn das Turnier vorbei ist und dieser Rüdiger weg ist. Dann ja. Dann sofort. Aber nicht jetzt.*

Lina packte sie am Arm. „Ich weiß, dass ich unheimlich viel von dir verlange, Caro. Aber ich habe riesige Angst um Ami. Und ich bin sicher, mit dem Heilungsritual hätte sie eine Chance. Bitte, Caro, hilf mir.“

Ami wacht auf

Als Carolin wenige Tage später mit Lina in Richtung Wohnwagenwiese radelte, fiel ihr Blick zufällig in das große Schaufenster des Bistros *Salamander*. Sie stutzte und fiel vor Schreck beinahe vom Rad. An dem kleinen runden Tisch direkt am Fenster saß – wie auf einem Präsentierteller – ihre Mutter.

Es war Ines, ohne Zweifel. Und sie war in Begleitung eines Mannes. Er saß mit dem Rücken zur Straße. Carolin konnte ihn daher nicht erkennen. Sie stieg vom Rad und spähte vorsichtig seitlich durchs Fenster. Ines lachte und gestikulierte heftig mit den Händen. Sie schien sich richtig gut zu amüsieren. *Wer ist dieser Mann?*, wunderte sich Carolin, während sie sich dicht an der Mauer noch ein Stück näher heranschlich. *Paul ist es nicht, so viel ist klar. Aber mit welchem Mann trifft sich Ines denn sonst?* Auf dem Tisch standen zwei hochstielige Gläser mit einer perlenden Flüssigkeit. Ines trank Prosecco, mitten am helllichten Nachmittag! Nun hob sie das Glas und prostete ihrem Gegenüber zu. Sie lächelte, hatte einen richtig entspannten Gesichtsausdruck. *Vielleicht ihr Chef? Aber warum sollte sie mit ihrem Chef im Bistro sitzen und Prosecco trinken? Nee. Vielleicht ein Kunde? Möglich! Soll ich einfach reingehen und nachsehen?*, überlegte Carolin. *Auch doof, außerdem wartet Lina.*

Da kam die Freundin auch schon angeschossen. „Wo bleibst du denn? Ich radle vor mich hin, quatsche, dann dreh ich mich um und checke, dass du gar nicht mehr da bist."

„Ich komm ja schon!"

„Warum starrst du denn in das Bistro, als hättest du einen Geist entdeckt?"

„Da sitzt meine Mutter drin", erklärte Carolin und trat wieder in die Pedale.

„Na und?"

„Sie sitzt da mit einem fremden Mann, Lina!", empörte sich Carolin.

Lina kicherte. „Darf sie das nicht? Ist das verboten?"

Carolin strampelte, bis sie auf Linas Höhe war. „Das ist echt nicht lustig, Lina. Ich hab nämlich überhaupt keinen Bock auf einen neuen Vater!"

Lina fuhr Kreise auf der Straße. „Vom Kaffeetrinken im Bistro bis zum Traualtar ist es ja meist nur noch ein Katzensprung. Es soll auch schon Paare gegeben haben, die sich gleich im Bistro verheiratet haben!"

„Prosecco, Lina. Sie haben Prosecco getrunken", korrigierte sie Carolin.

„Ohhhh! Dann würde ich tatsächlich schon mal überlegen, was ich zur Hochzeit anziehe", flachste Lina und bog in den Feldweg ein, der zur Wohnwagenwiese führte.

Vielleicht hat Lina Recht und ich mache mir unnötig Sorgen, dachte Carolin. Sie war dankbar, dass Lina mal wieder richtig gelacht hatte und verdrängte das merkwürdige Gefühl in ihrem Bauch.

Wenig später hockten Carolin und Lina in Amis Wohnwagen. Der kleine Rabe flatterte mit einem Affenzahn im Raum umher. Lina bereitete Jasmintee zu und der ganze Wohnwagen duftete danach.

„Hier." Lina hielt der Freundin den Brief mit dem Heilungsritual hin.

Carolin überflog ihn, dann legte sie ihn auf den Tisch. „Lina, dieser Rüdiger folgt mir auf Schritt und Tritt. Es geht nicht. Ich kann es einfach nicht riskieren, du weißt, was auf dem Spiel steht. Es tut mir Leid!"

„Schon." Lina verteilte den Tee. „Ich versteh dich ja und bin dir auch überhaupt nicht böse. Nur hab ich keine Idee, was ich sonst tun könnte und das macht mich ganz wahnsinnig!"

Carolin schnupperte am Tee. „Gibt es denn wirklich keine andere Lösung?"

Lina neigte den Kopf zur Seite. „Um das Heilungsritual durchführen zu können, brauche ich diese Pflanze. Und dazu muss ich wissen, wann sie blüht."

„Hast du denn schon im Internet recherchiert?"

Lina hielt ihre Teetasse mit beiden Händen. „Klar. Doch es gibt noch 'ne Menge Dinge, die nicht im Internet stehen. Und leider gehört meine Pflanze dazu."

„Wo wächst diese Harissuma-Pflanze denn überhaupt? Ich meine, falls du irgendwie erfahren würdest, wann sie blüht, weißt du dann, wo sie zu finden ist? Wenn sie zum Beispiel nur in Südafrika oder Indien oder was weiß ich wo vorkommt, kannst du die Aktion sowieso knicken!“

Lina schüttelte ihre wilde Lockenmähne. „Auch dafür bräuchte ich Sternentänzers Hilfe.“ Sie atmete tief durch. „Ohne Sternentänzer kein Heilungsritual. Ohne Heilungsritual ...“ Lina winkte ab. „Vergiss es! Vergiss, dass ich dich gefragt habe. Es ist schon okay, Caro. Es ist ja auch gar nicht sicher, dass das Ritual tatsächlich helfen würde. Vielleicht wäre ja ohnehin alles für die Katz.“

Eine Weile saßen die beiden Mädchen schweigend nebeneinander und schlürften Tee. Jede hing ihren eigenen Gedanken nach. Nur ein hektischer Flügelschlag des kleinen Raben unterbrach ab und an die Stille.

„Mhm, dein Tee schmeckt übrigens fast so gut wie Amis“, lobte Carolin dann. Ami machte nämlich den besten Jasmintee der Welt.

Lina schluckte. „Wenn ich älter bin, weiht mich Ami in all ihre Geheimnisse ein, hat sie mir mal versprochen.“

Carolin wusste nicht, was sie erwidern sollte. Es gab keine Worte um Lina zu trösten.

Lina sah auf die Uhr. „Mist! Ich hab meinen Eltern versprochen, ihnen bei der Kräutersuche zu helfen. Könntest du auf Ami aufpassen, während ich weg bin, Caro? Es dauert zwar bestimmt nicht lang, aber besser, wir lassen Ami nicht allein.“

„Natürlich“, nickte Carolin, obwohl ihr der Gedanke,

allein in Amis Hexenküche mit all den zerstoßenen Knochen, Kräuterhäufchen und Insektenlarven zu bleiben, gar nicht behagte. Ganz allein, nur mit einem kleinen wilden Raben und der reglos im Bett liegenden Ami! Aber Carolin fühlte sich schon so schuldig, weil sie Linas Bitte, Sternentänzer nach der Pflanze zu befragen, nicht erfüllte. Sie konnte der Freundin keinen weiteren Gefallen abschlagen. „Es dauert auch wirklich nicht lange?“, versicherte sie sich zaghaft.

Lina schüttelte den Kopf. „Ich beeil mich.“

Als Lina weg war, spülte Carolin die Teetassen aus, nur um sich zu beschäftigen. Beim Abtrocknen versuchte sie möglichst nicht daran zu denken, was sich in Amis Geschirrschrank verbarg. Es war das allererste Mal, dass sie ganz allein im Wohnwagen war. Die Stille wurde ab und zu durch einen Flügelschlag des kleinen Raben gestört. Die Tür zu Amis Schlafzimmer war nur angelehnt. Doch Carolin wagte es nicht, einen Blick hineinzuwerfen. „Mann, Lina, beeil dich“, murmelte Carolin, die plötzlich ein ganz seltsames Gefühl beschlich. Ihr Herz schlug schneller, immer schneller, bis sie den Pulsschlag in ihrem Hals spürte. Rasch goss sie etwas Mineralwasser in eine Teetasse und trank es in kleinen Zügen. *Beruhig dich, Carolin!* Sie öffnete die Tür des Wohnwagens und schaute hinaus. Es war düster, nieselte leicht, vereinzelt krochen Nebelschwaden aus dem Wald. Rasch schloss sie die Tür wieder und versuchte ganz ruhig ein- und auszuatmen. Da drang auf einmal ein merkwürdiges Stöhnen aus Amis Zimmer. Carolin schreckte auf und horchte. Nichts! Stille. *Hab ich mir das nur eingebildet?* In diesem Moment schlug etwas Fedriges gegen ihr Gesicht. Carolin fuhr mit einem Satz hoch. Es war nur der kleine Rabe, der im Sturzflug durch den Raum gesaust war und sie nun frech anschaute. Plötzlich zerriss ein gewaltiger Donner die Stille. Carolin zuckte erneut zusammen. Im nächsten Augenblick prasselte der Regen mit solcher Gewalt auf das Dach, dass der ganze Wohnwagen bebte. Carolin kauerte sich ängstlich in eine Ecke. „Lina, bitte komm", flehte sie. Dann herrschte wieder Totenstille, bis sie noch einmal das merkwürdige Stöhnen aus Amis Zimmer vernahm. Carolin lauschte. Es war keine Einbildung. *Ami! Ich muss nach ihr sehen!* Carolin nahm all ihren Mut zusammen und hievte sich hoch. Wieder dieses Stöhnen. *Ich hab Angst. Ich warte einfach, bis Lina kommt. Nein, Caro. Vielleicht braucht die alte Frau ja deine Hilfe. Los, du Feigling!* Vorsichtig näherte sich Carolin der angelehnten Tür. Gerade als sie sie öffnen wollte, zerriss erneut ein Donner die Stille. Carolin zitterte am ganzen Körper. Das Stöhnen ging nun in ein Ächzen über, das immer lauter und heftiger wurde. Carolin nahm all ihren Mut zusammen und drückte die Tür auf.

Ami saß aufrecht im Bett. Ihre langen, wilden grauen Wallehaare standen in alle Richtungen. Ihre schmalen Lippen bewegten sich. Ganz schnell, als wollte sie etwas sagen. Sie brachte jedoch keinen Ton hervor, nur dieses Stöhnen war zu hören. Ihre zweifarbigen Augen, das rechte war hellgrün und das linke ganz dunkelgrün, waren weit geöffnet. Und in diesen Augen, die sowieso schon merkwürdig waren, zuckte und flackerte es nun. Es war unheimlich. Carolin drückte sich fest gegen den Türrahmen, als würde er ihr Halt geben. Amis Hände zitterten. Immer wieder zuckte sie zusammen, es sah aus, als würde ein Blitz durch ihren Körper fahren.

Auf einmal öffnete sie den Mund. „Der Wald ... am See ... es war dunkel", murmelte sie vor sich hin.

Carolin hielt sich mit beiden Händen am Türrahmen fest. Sie wollte weglaufen, schreien, Hilfe holen. Doch sie konnte sich nicht bewegen. Wie gelähmt starrte sie nur auf Ami.

„Da ... ein Ast ... ein dicker Ast ... mein Kopf ... er fiel auf meinen Kopf."

Oh mein Gott, dachte Carolin, *Ami muss im Wald einen Unfall gehabt haben.*

„Alles war dunkel", murmelte Ami, auf deren Stirn nun dicke Schweißtropfen standen.

„Ich ... ich ...", japste sie. Sie bäumte sich auf und zuckte zusammen. Eine Weile herrschte wieder Stille. Nur die Regentropfen, die auf das Dach prasselten, waren zu hören. „Ich bin eine alte Frau", sagte Ami dann plötzlich. Ganz ruhig und mit ganz klarer Stimme. „Ich brauche eine Nachfolgerin. Meine magischen Kräfte dürfen nicht aussterben." Carolin wagte kaum zu atmen. „Lina ...", fuhr Ami dann fort. Immer noch ganz ruhig. „Lina soll meine Nachfolge übernehmen."

Lina, wo bist du?, dachte Carolin verzweifelt. *Du solltest das alles hören, nicht ich!*

„Aber ich bin nicht sicher, ob sie die Gabe besitzt, meine Nachfolgerin zu werden. Und solange ich das nicht ganz sicher weiß, kann ich nicht gehen." Mit einem Mal bebte Amis Körper wieder wie am Anfang, ihre Augen flackerten unruhig. Sie ächzte und wogte sich hin und her wie eine Ähre im Wind. Noch ein heftiges kurzes Zucken. Dann fiel sie zurück in ihren Kissenberg, wo sie reglos liegen blieb.

Carolin versuchte sich aus ihrer Stellung zu lösen. Alle Glieder taten ihr weh, so verkrampft hatte sie die ganze Zeit über an der Tür verharrt.

„Ami?", flüsterte sie dann vorsichtig.

Nichts.

„Ich bin's, Carolin, Linas Freundin. Lina kommt auch gleich."

Nichts.

Mit kleinen leisen Schritten näherte sich Carolin Amis Bett. Die alte Frau lag wieder genau so da wie bei ihrem ersten Besuch. Ihre Augen waren nun ruhig und starrten blicklos an die Wand.

„Ami?"

Nichts.

Carolin schlich zurück in den Wohnraum. Ihr war eiskalt. Sie zitterte. Ihr Puls schlug bis zum Hals. *Ist das eben wirklich geschehen? Oder hab ich mir das alles nur eingebildet? Was war das? Lina, wann kommst du denn endlich?*

Lina war klatschnass, als sie endlich zurückkam. Sie sah aus wie frisch geduscht. „Igitt! Es hat auf einmal voll zu schütten angefangen.“ Sie zog ein Küchentuch aus einer Schublade und wickelte ihre langen Haare ein. „Ein total übler Platzregen. Ich bin nass bis auf die Knochen.“

„Lina“, begann Carolin, die zusammengekauert auf der Küchenbank saß.

„Gleich, eine Minute, wenn ich nicht rasch meine Klamotten wechsle, hole ich mir noch den Tod.“ Sie hatte die Hand bereits an der Türklinke. „Ich spring nur schnell in mein Zimmer, zieh mich um und bin sofort wieder da.“ Sie zwinkerte Carolin zu. „Meine Mutter hat übrigens Plätzchen gebacken. Ganz frisch und knusprig. Ich bring ein paar mit.“

„Warte!“, rief ihr Carolin hinterher, doch Lina war schon weg. Es erschien ihr wie eine halbe Ewigkeit, bis Lina endlich zurückkam. Sie hatte einen Teller Kekse in der Hand, zwei Gläser und eine Tüte Milch.

„Hier!“ Lina hielt den Teller unter Carolins Nase. „Riech mal, wie die duften! Ich weiß noch, früher hat meine Mutter jeden Sonntag Kekse gebacken.“

„Lina.“

Nun sah Lina die Freundin an. „He, was ist denn mit dir los? Du bist ja kreidebleich.“ Sie nahm Carolins Hand. „Und deine Hände sind ja eiskalt und du zitterst.“ Lina schmunzelte. „Hat dich der kleine Rabe so erschreckt? Oder hast du einen Blick in Amis Geschirrschrank geworfen?“

„Lina, Ami hat sich bewegt.“

„Bewegt?“ Nun bekam Lina große Augen. „Was meinst du damit?“

„Sie hat ganz merkwürdig gezittert und gezappelt und sie hat gesprochen.“

Ruckartig sprang Lina auf und stieß die Tür zu Amis Schlafzimmer auf. „Sie liegt da wie vorher.“

„Ich weiß!“ Carolin kam ihr hinterher und packte sie an den Schultern. „Lina, sie sagte, sie sei eine alte Frau und brauche eine Nachfolgerin. Dazu hat sie dich vorgesehen, aber sie ist sich nicht hundertprozentig sicher, ob du ihre Gabe hast.“

Lina stand völlig perplex da und brachte keinen Ton heraus.

„Ach ja und sie hatte einen Unfall im Wald. Ich glaube, ihr ist ein Ast auf den Kopf gefallen.“

„Caro.“ Lina sah die Freundin ernst an. „Du nimmst mich jetzt nicht auf den Arm, oder? Damit macht man nämlich keine Witze! Das würde ich dir verdammt übel nehmen!“

Carolin schüttelte den Kopf. „Lina, du glaubst gar nicht, was für eine Angst ich ausgestanden habe.“

Ganz sanft strich Lina ihrer Großmutter über die Stirn, bevor sie mit Carolin wieder leise den Raum verließ. Im Wohnzimmer nahm sie sich erst mal einen Keks. „Ich versteh das nicht.“

„Ich auch nicht.“ Auch Carolin knapperte nun an einem Keks.

„Wochenlang sitze ich an ihrem Bett und warte auf ein Lebenszeichen, aber sie rührt sich nicht. Und du bist kaum eine halbe Stunde mit ihr allein, da wird ihr Leben eingehaucht. Warum nur?“ Lina goss Milch in die beiden Gläser. „Und warum nur hat sie Zweifel an mir?“

Carolin tunkte ihren Keks in die Milch. „Wenn sie wieder gesund ist, musst du ihr das Gegenteil beweisen.“

„Falsch.“ Lina schüttelte den Kopf. „Jetzt! Jetzt muss ich ihr beweisen, dass ich sehr wohl das Zeug dazu habe, ihre Nachfolgerin zu werden!“

„Und wie willst du das anstellen?“, wollte Carolin von der Freundin wissen.

Lina war mit einem Mal wie elektrisiert. „Vielleicht will mich Ami nur auf die Probe stellen. Sie will herausfinden, ob ich es schaffe, sie zu heilen. Und wenn ich das schaffe, bin ich würdig ihre Nachfolgerin zu werden.“ Sie nickte. „So ist es, ich weiß es nun ganz genau.“

„Und weiter?“ Carolin tunkte einen weiteren Keks in ihre Milch.

„Ich werde dieses Heilungsritual durchführen. Ich muss es tun, Caro, und du musst mir dabei helfen!“

Der nächtliche Ausritt

Immer wenn man denkt, es kann eigentlich nicht mehr schlimmer kommen, dann setzt das Schicksal häufig noch eins drauf. Als Carolin am Abend die Haustür aufschloss, duftete es im ganzen Haus wie in einem Orientlokal.

„Mhm, lecker", freute sie sich und schleuderte ihre Stiefel in die Ecke. Die Jacke gleich hinterher. Ines kochte nicht allzu oft. Aber wenn sie sich mal dazu durchrang, dann probierte sie gern neue ungewöhnliche Rezepte aus und meistens landete dann was richtig Leckeres auf den Tisch. Ines stand in der Küche.

„Hi Mam ... huch?" Carolin stutzte beim Anblick ihrer Mutter. „Was ist denn mit dir passiert?" Ines hatte sich ihre kurzen Haare färben lassen und war jäh erblondet. Jahrelang hatte sie ihre dunkelblonden Haare glatt und schulterlang getragen. Doch mit dem Kurzhaarschnitt wechselte nun schon zum zweiten Mal die Haarfarbe. Carolin mochte es nicht besonders gern, wenn sich Ines veränderte. *Mütter sollen einfach immer so bleiben, wie sie sind!*

Ines drehte sich mit dem Kochlöffel in der Hand um ihre eigene Achse. „Sieht doch cool aus, findest du nicht?“

Cool? Das Wort benutzte man mit vierzehn, aber nicht mit fast vierzig. Carolin musterte ihre Mutter skeptisch. Sie fand das Blond ziemlich doof.

Ines rührte eifrig in ihrem Kochtopf. Dann hielt sie Carolin den gefüllten Kochlöffel hin. „Probier mal!“

Vorsichtig schleckte Carolin ein bisschen von der braunen Soße. „Mhm, das schmeckt ja lecker!“

„Da ist Curry drin und Ananas, ein bisschen Huhn, ein bisschen Papaya, ein kräftiger Schuss Sojasoße, etwas Koriander.“

Papaya, Sojasoße, Koriander? Ihhh! Manchmal war es wirklich besser, nicht alles so genau zu wissen.

„Deckst du bitte den Tisch, Caro?“ Wenn Ines schon mal kochte, dann wurde nicht schnell, schnell in der Küche gegessen, sondern ganz stilvoll im Wohnzimmer. „Wie war denn dein Tag heute?“, erkundigte sich Ines, als sie kurz darauf am Tisch saßen.

„Ganz okay“, murmelte Carolin und schob eine Gabel voll Reis in den Mund, um nicht mehr sagen zu müssen. *Gar nichts war okay gewesen! Diesen merkwürdigen Tag werde ich in meinem ganzen Leben nicht mehr vergessen! Außerdem muss ich wegen Lina und Ami die schwerste Entscheidung meines Lebens treffen!*

„Meiner auch.“

„Bitte?“

„Mein Tag war auch ganz okay“, sagte Ines und strahlte dabei über das ganze Gesicht.

Siedend heiß fiel Carolin nun Ines’ Bistro-Besuch

wieder ein, den sie durch die ganze Aufregung mit Ami völlig vergessen hatte.

Ines schob ihren Teller weg. „Eigentlich hatte ich sogar einen ziemlich netten Tag."

„Ach ja?" Carolin wartete gespannt, doch dann entschied sie: *Auf sie mit Gebrüll!* „Ich hab dich im Bistro *Salamander* gesehen."

„Hm", machte Ines und lächelte.

„Du warst dort mit einem Mann."

Ines entkorkte eine Weinflasche und griff nach ihrem Glas. Wieder lächelte sie. „Ich hab ihn heute erst kennen gelernt. Weißt du wie?"

Muss mich das interessieren?

„Ich hechte mit einem Berg Akten auf dem Arm aus dem Auto, klatsch!, der ganze Berg fällt auf den Boden. Da fährt ein hellgelber Sportwagen an mir vorbei, ein Mann steigt aus und fragt, ganz Kavalier alter Schule, ob er mir helfen kann."

Hellgelber Sportwagen? Carolin horchte auf.

„Tja, und dann hab ich ihn für seine Hilfe zu einem Kaffee eingeladen."

Sah eher nach einem Prosecco aus, korrigierte Carolin sie in Gedanken. „Und?"

„Was und?" Ines kam aus der Küche mit dem Nachtisch zurück. In einer großen Schale lagen merkwürdig gelbe matschige Früchte, dazu Vanillesoße.

„Was ist denn das?"

„Kaki, eine Frucht."

Carolin verzog das Gesicht. „Toller Name."

„Probier erst mal, sie wird dir schmecken."

Vorsichtig steckte Carolin die Löffelspitze hinein und kostete. „Mhm, tatsächlich.“ *Merken: nicht fragen, nur essen! Aber zurück zum Thema.* „Also?“

„Was also?“

„Wirst du ihn wieder treffen?“

„Wen?“

Du weißt ganz genau, wen ich meine. „Diesen Mann aus dem Bistro?“

„Nein, eher nicht. Er hängt noch so halb in einer früheren Beziehung und ich habe keine Lust auf Stress.“ Ines schien einen Moment in sich hinein zu hören, dann schüttelte sie entschlossen den Kopf. „Nein, ich denke eher nicht.“

Gut so! Carolin atmete auf. *Sehr gut so!*

„Möglicherweise kennst du ihn übrigens“, meinte Ines dann. „Er kennt den Reiterhof Lindenhain.“

Nein, nein, nein!

„Er arbeitet als Tierarzt. Manchmal hat er auf Lindenhain zu tun.“

Peng! Schuss! Treffer!

„Joachim Sander heißt er.“

Der hellgelbe Sportwagen. Na klar! „Mam!“, kreischte Carolin völlig entsetzt. „Sander hat einen Sohn! In meinem Alter!“

„Na und?“

Na und? Den süßen Thorben, auf den Lina total abfährt. Den ich eigentlich auch ziemlich niedlich finde und der dann mein Bruder wäre? Wahhhhh!

Ines fuhr mit dem Finger den Rand ihres Glases entlang. „Wäre das denn so schlimm, wenn ich ihn doch wieder sehen würde, was ich im Moment aber wirklich nicht vorhabe“, erkundigte sich Ines doch glatt.

Schlimm? Schlimmer als schlimm! Viel, viel schlimmer als schlimm! Carolin lehnte sich zurück und erwog einen Augenblick lang ernsthaft, als blinder Passagier auf einem Frachter nach Südamerika zu reisen.

In dieser Nacht schloss Carolin kein Auge. Sie wälzte sich unruhig in ihrem Bett hin und her, sah wieder und wieder Amis Augen vor sich. Schwitzte, wechselte das Nachtshirt, tapste durch ihr Zimmer, setzte sich ans Fenster und zählte die Sterne am Himmel. *Was soll ich denn nur tun? Ich muss Lina helfen, natürlich! Aber ich will Sternentänzer nicht in Gefahr bringen. Er ist das Wichtigste auf der Welt für mich.* Irgendwann, als der Morgen dämmerte, rang sich Carolin dazu durch, Lina beizustehen. *Ich muss es tun! Sie würde es für mich auch tun.* Beschlossen und verkündet. Sie stand auf und kramte aus ihrem Schreibtisch den Mondkalender hervor. Die nächste Vollmondnacht war ... nächste Woche. *Oh nein! Mist! So ein Mist!* Vollmond war genau in der Nacht vor dem großen Turnier. *Ausgerechnet! Aber egal. Was sein muss, muss sein!* Lina war außer sich vor Freude, als Carolin ihr am nächsten Tag in der Schule die gute Botschaft überbrachte.

Die Woche verging wie im Flug. Carolin musste für einen Englischtest büffeln und für das Turnier gab's auch noch einiges zu tun. Und dann war plötzlich die Vollmondnacht da. Die Nacht vor dem großen Turnier. Carolin hatte ihren Wecker auf ein Uhr gestellt. Wäre aber gar nicht nötig gewesen, denn sie hatte ohnehin die ganze Zeit nur ihren Wecker beobachtet, bei dem statt eines Sekundenzeigers ein Pferd seine Runden drehte.

Leise stand sie auf und tapste barfuß zum Stuhl, auf dem sie ihre Klamotten hingerichtet hatte. Lina wartete schon ungeduldig vor der Haustür auf sie. Der Vollmond hing riesengroß und hell leuchtend am Himmel, während sie gemeinsam nach Lindenhain radelten. Dort schien alles ruhig. Alle Lichter waren erloschen. Carolin öffnete vorsichtig die Stalltür und winkte Lina mit sich. Auch hier war es still. Nur manchmal schnaubte eins der Pferde oder raschelte mit den Hufen im Stroh. Sternentänzer schien schon auf sie zu warten, denn er war putzmunter und wieherte leise.

Ohne Lärm zu machen, zäumten sie Sternentänzer auf. In der Sattelkammer fanden sie ein paar alte Getreidesäcke, die sie um seine Hufe banden. Dann führten sie Sterntänzer hinaus auf den Hof. Bei jedem Huftritt zuckte Carolin zusammen. In der nächtlichen Stille kam ihr das kleinste Geräusch unüberhörbar laut vor wie Donnergrollen. Einmal meinte sie, kurz das Flackern einer Taschenlampe zu sehen. Das hatte sie sich aber vermutlich nur eingebildet! Erst hinter der großen Koppel entfernten sie die Säcke von Sternentänzers Hufen.

„Siehst du, ist doch alles gut gegangen“, raunte ihr Lina beruhigend zu.

„Okay, dann bringen wir es hinter uns.“ Carolin griff in Sternentänzers Mähne und schwang sich auf seinen Rücken. „Ein gutes Gefühl hab ich diesmal nicht dabei“, murmelte sie.

„Was sagst du?“, wollte Lina wissen, die voller Ungeduld von einem Fuß auf den anderen trat.

„Nichts.“

„Ich warte hier auf dich und drücke die Daumen.“

Carolin atmete tief durch. „Also gut.“ Sie zuckte zusammen. Ihr Herz klopfte rasend schnell. Alle möglichen Gedanken purzelten durch ihren Kopf. „Da hat doch eben was geknackt, Lina?“

„Ach was! War vielleicht ein kleiner Hase oder ein Eichhörnchen.“

„Vielleicht.“ Unschlüssig saß sie auf Sternentänzer.

„Mach schon!“, drängelte Lina ungeduldig. „Sonst ist die Nacht vorbei.“

„Los, Sternentänzer!“ Carolin ritt auf Sternentänzers Rücken durch die ins Mondlicht getauchte Landschaft. Sie schloss die Augen, aber sie fühlte sich nicht so leicht und unbeschwert wie sonst bei ihren Vollmondritten. Immer wieder drehte sie sich angstvoll um. Diese Nacht schien voller Geräusche. Voller Schatten. Jeder Baum, jeder Zweig schien einen endlos langen Schatten zu werfen. Ein Flattern. Eine Eule, die ganz in der Nähe auf einem Ast gesessen hatte, glitt durch die Nacht. Carolin fröstelte. Doch es gab kein Zurück. Und nun die Frage. Carolin holte tief Luft. „Wenn ich nur wüsste, wann die

Harissuma-Pflanze das nächste Mal blüht", murmelte sie. Kaum hatte sie den Satz ausgesprochen, ging ein Ruck durch den Körper des Pferdes. Es galoppierte los. Schnell wie der Wind jagte es durch die Nacht. Carolin klammerte sich in der Mähne fest, fühlte sich merkwürdig, ihr Kopf schien sich zu drehen. Ihr wurde schwindelig, wie in einem Kettenkarussell. Sternentänzer lief schneller und schneller und Carolin sah Bilder in ihrem Kopf. *Viele Menschen sind zu sehen. Sie liest „Botanischer Garten Grünstadt". Sie ist in einem großen Gewächshaus. Dann sieht sie eine Pflanze, so hoch wie eine Hecke. Mit einer wunderschönen orangegelben Blüte, so groß wie ein Tennisball. In der Erde steckt ein kleines Schild: Harissuma-Pflanze, blüht nur einmal im Jahr. Nur am 18. November.* Wie in einem Rausch schoss die Bilderflut in schneller Reihenfolge durch Carolins Kopf. Schnell, verschwommen, wie durch einen Weichzeichner gefiltert. Dann wurde Sternentänzer plötzlich langsamer. Er keuchte und lief schwerfälliger. Als Carolin die Zügel enger fasste, verlangsamte er zum Trab. Auf einmal hatte sie das Gefühl, keine Luft mehr zu bekommen. Sie musste husten. Immer wieder. Keuchend und hustend ritt sie zu Lina zurück.

„Und?"

Carolin stieg ab und musste sich für einen Augenblick gegen einen Baum lehnen, so schwindelig war ihr noch. Ihre Beine zitterten und ihr Mund war trocken.

„Sag schon, Caro, weißt du, wann die Pflanze blüht?"

„Ja", presste Carolin zwischen zwei Hustenanfällen hervor.

„Und wann? Und wo? Mach's nicht so spannend!"

„Am 18. November. Und ein Exemplar steht sogar bei uns im *Botanischen Garten* in Grünstadt. Da war ich schon mal mit Ines."

Während sie Carolin kräftig auf den Rücken schlug, stieß Lina einen Seufzer der Erleichterung aus. „Geht's?", fragte sie.

„Geht schon!", wehrte Carolin ab. Einerseits war sie froh, dass sie Sternentänzer nach der Pflanze befragt hatte, anderseits hatte sie noch nie ein so schlechtes Gefühl bei einem Vollmondritt gehabt. Sie lehnte ihren Kopf gegen Sternentänzers Bauch. Unterdessen band Lina in Windeseile wieder die Säcke um Sternentänzers Hufe, dann machten sie sich so leise wie möglich auf den Rückweg. Wenige Meter vor dem Stalleingang packte Carolin Lina an der Jacke. „Da war doch was, Lina!", flüsterte sie.

„Was denn?", flüsterte Lina zurück.

„Ein Schimmer, ein flackerndes Licht wie von einer Taschenlampe."

„Ich hab nichts gesehen", raunte Lina. „Komm schon, lass uns Sternentänzer schnell reinbringen, sonst wecken wir tatsächlich noch den ganzen Hof auf!"

Gemeinsam rieben sie Sternentänzer rasch trocken, dann schlichen sie aus dem Stall zu ihren Rädern. Kurz bevor sie den Hof verließen, drehte sich Carolin noch einmal um. Für den Bruchteil einer Sekunde glaubte sie, Licht in einem der Zimmer im Gästehaus gesehen zu haben.

Das Turnier

Als Ines am Morgen mit einer Tasse Kakao und einem „Guten Morgen, Schatz, heute ist dein großer Tag!“ in Carolins Zimmer stand, hätte sich Carolin am liebsten tot gestellt. Sie war schrecklich müde und zog die Bettdecke bis über beide Ohren. Doch Ines „Gnadenlos“ kannte kein Pardon und zog ihr einfach die ganze Decke weg. Mit einem fröhlichen „Geh unter die Dusche, dann bist du gleich fit!“ verschwand sie nach unten.

Carolin versuchte aufzustehen, doch ihre Füße waren schwer wie Blei. „Mann-o-mann“, murmelte sie und hielt sich den Kopf. Sie fühlte sich wie von einem Lastwagen überrollt.

„Na, freust du dich, Nachwuchsstar?“, rief ihr Ines gut gelaunt entgegen, als sie sich die Treppe hinunterschleppte.

„Geht so“, murmelte Carolin und ließ sich an den Frühstückstisch fallen. „Hab die ganze Nacht kein Auge zu getan.“

„Och, mein armes Schätzchen. Die Aufregung, ist ja klar!“ Ines holte die Müslischachtel aus dem Schrank.

„Musst du von mir haben, ich konnte vor Prüfungen auch nie schlafen."

Carolin gähnte. „Ich hoffe nur, ich schlafe nicht auf Sternentänzer ein." Apropos Sternentänzer. Der Arme hatte ja auch keine ruhige Nacht verbringen können. *Hoffentlich geht's dir besser als mir,* dachte Carolin.

„Weißt du was?" Geschäftig zog Ines zwei Kaffeetassen aus dem Regal. „Statt Kakao trinkst du heute ausnahmsweise einen Schluck Kaffee in deiner Milch. Das macht dich gleich munterer."

Der Milchkaffee wirkte tatsächlich Wunder und fünf Minuten später war Carolin putzmunter und voller Tatendrang. Sie schlüpfte in bequeme Reitkleidung und radelte nach Lindenhain. Von dort hatte Gunnar mehrere Transporter organisiert, die sie nach Espenlaub bringen sollten.

Julia war schon da, als Carolin auf den Hof rollte. Natürlich trug sie superschicke Reitklamotten: Jacke und Hose in leuchtendem Dunkelrot. Hatte ein bisschen was von einem Feuervogel! Betont lässig schlenderte sie auf Carolin zu, als die ihr Bike abstellte. „Na, du?"

„Hallo, Julia."

„Das ist unser großer Tag."

„Hm." Carolin hatte keine Lust, sich mit ihr zu unterhalten.

„Die Bessere wird gewinnen."

„Hm."

„Es herrscht absolute Chancengleichheit, schließlich hatten wir beide den gleichen Trainer." Julia warf kokett ihr langes blondes Haar in den Nacken. „Obwohl er mir natürlich viel näher steht als dir." Sie wedelte mit der Gerte durch die Luft. „Na ja, eigentlich bräuchtest du ja überhaupt nicht antreten, denn ich werde ohnehin die Siegerin sein."

Carolin grinste. „Guter Witz. Wenn du gewinnst, fress ich einen Besen samt Besenstiel!"

„Dann, liebste Caro, solltest du heute besser auf das Mittagessen verzichten, damit genügend Platz in deinem Magen ist." Julia lächelte hochnäsig und machte auf dem Absatz kehrt.

„Biest!", fauchte ihr Carolin noch nach.

Der Reiterhof Espenlaub war herrlich geschmückt. Überall hingen bunte Fähnchen und Luftballons, quer über den Hof war ein Gitter aus Lampions gespannt. Im Garten steckten rote Fackelhalter. Als sie mit Gunnars Transporter anrollten, herrschte noch nicht besonders viel Betrieb, sie gehörten offenbar zu den Ersten. Nicht einmal vor dem Tierarzt-Zelt gab es eine Schlange. Carolin war heilfroh, dass Nick ihr die Voruntersuchung abnahm und Sternentänzer zum Tierarzt brachte. Sie war supernervös. Dennoch hielt sie Ausschau nach Ann-Kathrin, dem Mädchen, das sie meinte in ihrer Vision gesehen zu haben. Doch von ihr war weit und breit nichts zu sehen. „Startet Ann-Kathrin mit einem Pferd von Espenlaub?", fragte sie Nick beiläufig, als er Sternentänzer nach dem Tierarzt-Check zurückbrachte.

Nick zuckte die Schultern. „Keine Ahnung. Ähm, alles

bestens, alle Werte, Temperatur, Puls und Atmung waren okay, du kannst mit Sternentänzer starten.“ Er drückte ihr die Checkkarte in die Hand.

„Super, danke Nick.“

Nick machte eine Kopfbewegung in Richtung Tierarzt-Zelt. „Rate mal, wer da drin sitzt und lauert?“

„Der Tierarzt.“

„Sehr witzig. Nein, dieser Aasgeier von Rüdiger hängt da drin rum.“

„Oh nee.“

„Oh doch. Und hat andächtig jedem Wort gelauscht, das der Doc über Sternentänzer sagte.“

Carolin blickte Nick mit ängstlichen Augen an. „Hat er was ...?“

„Erfahren meinst du? Oh ja. Er kennt jetzt den Pulsschlag und die Atmung von Sternentänzer.“

Carolin verdrehte die Augen. „Du Blödmann! Ich bin meganervös, also bitte keine Scherze.“

Nick salutierte. „Zu Befehl!“ Dann sah er sich um. „Wo ist eigentlich dein Timo?“

„Das ist nicht mein Timo!“

Nick grinste. „Stimmt, er hing ja in den letzten Tagen nur noch mit Julia rum.“ Dann runzelte er die Stirn.

„Sag mal, ursprünglich war der doch von Eschenbach nur für dich engagiert, dachte ich.“

„Dachte ich auch.“

Carolin deutete mit dem Kopf in Richtung Stall. „Dort kommt Julia.“ Mit ihrer roten Reitkleidung unübersehbar schritt sie zum Tierarzt-Zelt. Neben ihr Timo und ihr Pferd.

„Fürchtest du die Konkurrenz?“

Carolin lachte laut auf. „Julia? Nie im Leben.“ Sie blickte sich um. „In einer Stunde geht's los. Sind aber noch nicht viele Leute da, oder?“

Nick vergrub die Hände in seinen Overalltaschen. „Stimmt. Komisch! Ich frag gleich mal nach.“ Er lief zum Haupthaus.

Carolin blieb mit Sternentänzer mitten auf dem Hof stehen und versuchte krampfhaft ein Gähnen zu unterdrücken. Müde lehnte sie ihren Kopf an Sternentänzers Hals. „Bin ich froh, wenn das vorbei ist!“

Wenige Minuten später kam Nick zurück. „Es gibt einen Megastau auf der Autobahn, genau in der Richtung, aus der die meisten kommen wollten. Irgendein Idiot blockiert da wohl die Fahrbahn. Steht quer oder so. Die Leute, die im Stau stehen, werden's wohl nicht rechtzeitig schaffen. Bei zwei Teilnehmern ist der Wagen nicht angesprungen. Ein paar andere leiden unter Magenbeschwerden und einige haben Probleme mit ihren Pferden, denen es nicht gut geht.“ Nick kratzte sich am Kopf. „So viele Ausfälle hab ich noch nie erlebt. Das Ganze ist schon fast mysteriös. Die von der Turnierleitung sind auch etwas ratlos.“

„Hast du erfahren, was mit Ann-Kathrin ist?“, wollte Carolin wissen.

Nick sah Carolin skeptisch an. „Was hast du denn bloß immer mit der?“

„Nichts“, antwortete sie, doch die Vision schwirrte ihr ständig im Kopf herum.

„Brauchst du auch nicht.“

„Warum?“

„Sie reitet nämlich gar nicht mit.“

Nein! Unmöglich. Das kann gar nicht sein! Wenn Ann-Kathrin nicht mitreitet, kann sie nicht die Gewinnerin sein. Dann kann sie auch nicht das Mädchen sein, das ich in meiner Vision gesehen habe. Aber wer ist es dann?

Carolin hatte keine Zeit mehr, darüber nachzugrübeln, denn das Signal leitete die Reiter zum Start. Viele waren es ja nicht! Carolin blickte sich irritiert um. An dem Turnier, das sie in Berlin geritten war, hatten so viele teilgenommen, in Espenlaub waren es höchstens 10 Teilnehmer. Ein Haflinger, zwei Isländer, ein Appaloosa, ein Quarter Horse, ein paar Warmblüter, aber merkwürdigerweise kaum Araber. *Komisch! Eigentlich ist doch Distanzreiten eine klassische Disziplin für die Hochblütigen!*

Julia, die gerade in der ersten Dreiergruppe losritt, war die einzige Teilnehmerin, die Carolin kannte. Carolin startete drei Minuten später mit der zweiten Gruppe. Zum Glück hatte ihre Nervosität etwas nachgelassen, seit sie im Sattel saß. Sie hatte beschlossen die gleiche Taktik wie in Berlin zu fahren und ließ Sternentänzer zunächst langsam lostraben, erst gegen Ende wollte sie dann durchstarten. Julia hatte offenbar eine andere Taktik gewählt, denn sie hatte ihr Pferd gleich zu Beginn losgaloppieren lassen und war inzwischen spurlos verschwunden. Es dauerte eine Weile, bis Carolin ihr Tempo fand. Sie trieb Sternentänzer an. „Komm schon, mein Schöner, zeig denen, was du kannst!“ Sternentänzer zog das Tempo an, doch seine Bewegungen waren nicht ganz so geschmeidig wie sonst. Die Strecke war sehr abwechslungsreich, führte über Wiesen, an Bauernhöfen vorbei, durch Wälder und an einem kleinen Bach entlang. Die Reitwege waren recht gut markiert. Bei einer Kreuzung ging Carolin im Tempo runter und schlug noch im Trab die neue Richtung ein. Genau so wie sie es bei Timo gelernt hatte. Die nächsten paar Kilometer liefen ganz gut, Sternentänzer trabte gleichmäßig. Wenig später gab Carolin Gas und ging in den Galopp über. Sie beugte sich vor: „Ja, mein Schöner, schneller!“ Sternentänzer gehorchte zwar und preschte los, sodass seine mondhelle Mähne wie eine Fahne im Wind flatterte. Doch seine Schritte waren wieder nicht so regelmäßig und glatt wie sonst. Carolin versuchte ruhig zu bleiben. Sie kannte Sternentänzer aber gut genug um zu wissen, dass er nicht in Form war. Sie fühlte, dass seine Pulswerte viel zu hoch waren. Einen Kilometer vor dem ersten Vet-Check glitt sie aus dem Sattel. Sie ließ Sternentänzer ein wenig grasen, streichelte ihn und summte ein Lied, um ihn zu beruhigen und den Puls herunterzubringen. Da die Luft ziemlich kühl war, deckte sie seine Hinterhand ein um die Muskulatur warm zu halten. Es kostete Zeit, doch so schaffte sie es, mit Werten unter 64 in den Check zu laufen. Sie durfte daher den Ritt gleich fortsetzen. Eine Weile lief Sternentänzer nun gleichmäßig. Doch dann merkte Carolin, dass er immer langsamer wurde und es nicht mehr schaffte, das Tempo zu halten. Einige Reiter jagten an ihnen vorbei. „Ich weiß, du bist müde und schlapp.

Aber komm, Sternentänzer, gleich haben wir's geschafft! Ein kleines Stückchen noch." Carolin spürte, wie er sich aufbäumte, sich zusammenriss, letzte Reserven mobilisierte. Doch der nächtliche Galopp steckte ihm noch in den Knochen. Er schwitzte stark. Carolin war erleichtert, als sie endlich die Ziellinie passierten. Völlig erschöpft rutschte sie vom Rücken des Pferdes und ließ sich ins Gras fallen. Der Mann an der Ziellinie reichte ihr eine Flasche Wasser. „Danke", japste Carolin und nahm einen großen Schluck Wasser.

Sie war heilfroh, dass Nick kurz darauf auftauchte. Er versorgte Sternentänzer und brachte ihn auch zur Nachuntersuchung zum Tierarzt. Bis alle Pferde die Ziellinie überlaufen hatten und nochmals untersucht worden waren, dauerte es ein bisschen. Carolin kam die Warterei, bis die Gewinner schließlich feststanden, vor wie eine Ewigkeit.

Da kam ein Mann von der Turnierleitung auf sie zu und klopfte ihr auf die Schulter. „Du warst große Klasse, Mädchen! Ein super zweiter Platz!"

Zweiter. Sternentänzer hat also Recht behalten. Carolin versuchte ihre Enttäuschung zu verbergen. „Wer hat denn eigentlich gewonnen?"

Der Mann sah sich suchend um. Dann deutete er in Richtung Reitercafé. „Das Mädchen dort."

Welches Mädchen? Carolins Blick folgte dem Finger. Sie sah das Mädchen nur von hinten, aber es sah genau so aus wie das Mädchen in ihrer Vision. Aber wer war das? In diesem Moment drehte sich das Mädchen um. Carolin schlug vor Entsetzen die Hände vor den Mund.

„Julia!“, murmelte sie. *Nein, nein, das darf doch nicht wahr sein!*

Die Siegerehrung erlebte Carolin wie in Trance. Sie nahm überhaupt nicht wahr, was um sie herum passierte. Ihr Traum, nach diesem Turnier ganz oben auf dem Siegerpodest zu stehen, war geplatzt wie eine Seifenblase.

Julia tänzelte in den Stall. „Timo, Timolein, mein Schatz, wo bist du denn?“

Timo kam aus einer Box hervor. Er hatte zwei Becher mit Punsch in der Hand. „Auf uns! Und vor allem auf meine schöne, reiche und sieggekrönte Schülerin.“

Julia nahm ihm die Becher aus der Hand und stellte sie zur Seite, dann fiel sie ihm um den Hals. „Wie hab ich das gemacht? Ich bin die Beste!“ Julia ließ sich auf einen Ballen Heu fallen. „Ich bin viel besser als Carolin und als all die anderen!“

Timo setzte sich neben sie ins Heu. „Mit meiner Hilfe bist du die Beste.“

„Du bist ein super Trainer.“ Julia gluckste vor Vergnügen. „Dieser arroganten Carolin hab ich's doch echt gezeigt.“ Sie breitete die Arme aus und ließ sich zurückfallen. „Gewinnen ist einfach ein tolles Gefühl.“ Sie setzte sich wieder auf und kuschelte sich an Timos Schulter. „Es ist so schön, mit dir zusammen zu sein.“ Sie strahlte übers ganze Gesicht. „Ich war noch nie so glücklich mit einem Jungen.“

Timo streichelte über ihre Haare. „Du, Süße, ich muss demnächst für ein paar Tage nach Berlin."

Julia schoss ruckartig in die Höhe. „Warum das denn?"

„Ich hab da noch einiges zu erledigen."

„Aber dann seh ich dich so lange nicht." Julia zog die Nase kraus. „Weißt du was, ich komm einfach mit."

Timo ringelte eine von Julias Haarsträhnen um seinen Finger. „Das wäre sehr schön, aber das geht nicht. Du musst doch in die Schule."

Julias Augen blitzten. „Kein Problem. Ich meld mich krank oder lass mir ausnahmsweise von meinem Vater eine Entschuldigung schreiben, das macht der schon mal. Du und ich in Berlin, das wär der Hammer!"

„Ähm!" Timo ließ ihre Haarsträhne los. „Ich glaube nicht, dass das so eine gute Idee ist. Ich hab da echt einiges zu tun und gar keine Zeit für dich. Das ist nur langweilig für dich."

„Och, ich find schon was zu tun! Ich geh shoppen ..."

„Julia, vergiss es, es geht nicht", unterbrach sie Timo barsch.

Sein Ton ließ Julia aufhorchen. „Wie lange bleibst du denn weg?"

„Drei, vier Tage."

„Und dann bleibst du in Lilienthal, wie du's mir versprochen hast?"

Timo stand auf und klopfte sich das Heu von der Hose. „Na klar. Sag mal, Julia, du erinnerst dich doch bestimmt noch an unseren kleinen Deal?"

Für einen Moment stutzte Julia. „Welchen Deal meinst du?"

„Wenn du mit meiner Hilfe gewinnst, bekomme ich das Preisgeld. Du brauchst es doch sowieso nicht, hast du zumindest immer behauptet. Du wolltest doch nur berühmt werden und es Caro zeigen."

Julia schluckte. Sie hatte plötzlich das ungute Gefühl, als säße ein dicker, hässlicher Frosch in ihrem Hals. „Sicher! Das Preisgeld bekommst du. Ich hab's dir ja versprochen."

„Kannst du's mir jetzt gleich geben, bevor wir es später vergessen?"

„Ja, klar! Moment." Julia kramte den Siegerscheck aus ihrer Tasche und strich ihn glatt. „Hier."

Timo steckte den Scheck rasch ein und küsste Julia auf die Stirn. „So gefällt mir meine kleine Prinzessin." Er seufzte. „War schließlich auch ein hartes Stück Arbeit für mich."

Der Frosch in Julias Hals wurde immer dicker. „Meinst du das Training mit mir?"

Timo sah sie an. „Ach was, Süße, sei doch nicht so naiv! Was denkst du, warum heute nur so wenig Teilnehmer am Start waren?"

„Ich weiß nicht ..."

„Merkwürdige Staus, Magenschmerzen, mysteriöse Unfälle, ziemlich viele Zufälle auf einmal, nicht wahr?"

Julia begriff nicht. Oder besser: wollte nicht begreifen.

„Na, kommt dir was?"

„Nein."

„Denkst du im Ernst, du hast gewonnen, weil du so gut bist?" Timo lachte laut auf. „Keine Ahnung, was mit Carolin los war, vermutlich hatte die einfach nur einen schlechten Tag. Um die anderen hab ich mich jedenfalls gekümmert."

„Wie gekümmert?"

Timo zwinkerte ihr zu. „Bist du so naiv oder tust du nur so? Die Unfälle, der Typ, der mit dem Auto quer auf der Autobahn stand, die Magenschmerzen, das alles geht auf mein Konto. Ich hab ein paar Kumpels mobilisiert, die mir noch einen Gefallen schulden."

„Aber ..."

Timo packte Julia um die Taille und wirbelte sie herum. „Denkst du denn allen Ernstes, du hast gewonnen, weil du so gut bist?"

„Lass mich sofort los", stammelte Julia. Sie hielt sich die Hand vor den Mund und hatte das Gefühl, als müsste sie sich gleich übergeben.

Ines erwartete Carolin zu Hause mit einer Schokoladentorte in Pferdeform. Darin steckten zwei Kerzen. Carolin schlich völlig zerknirscht in die Küche. „Du hast umsonst gebacken, ich hab nicht gewonnen", murmelte sie bedrückt und blies die Kerzen aus. „Ich bin nur Zweite geworden."

Ines ließ sich nicht beirren und schnitt den Kuchen an. „Ein zweiter Platz ist doch auch sehr gut und auf jeden Fall auch ein Grund zum Feiern." Sie kostete mit einem Löffelchen von der Füllung. „Mhm, die Schokocreme ist richtig gelungen, wird dir schmecken."

„Aber nicht so ein zweiter Platz, nicht nach Julia

Schlupf, dieser eingebildeten Zicke“, knurrte Carolin ärgerlich und feuerte ihre Silbermedaille in die Ecke.

„Diese Julia reitet doch bestimmt schon viel länger als du“, versuchte Ines Carolin zu trösten.

Vielen Dank. Voll ins Fettnäpfchen. „Von wegen! Sie hat gerade erst angefangen.“

Ines packte ihr ein Stück Torte auf den Teller. Es war der Schweif. „Dann gewinnst du eben nächstes Mal! Ach, da ist übrigens ein Fax aus Berlin für dich gekommen.“ Sie beendete ihre Kuchenaktion und holte Carolin das Fax. Es war von Ferdi aus Berlin. Dem Besitzer von Cinderella, Sternentänzers Freundin und zudem Mutter von Sternentänzers Fohlen Silberstern.

Liebes Carolinchen, ich drück dir ganz fest die Daumen für dein großes Turnier. Ich bin sicher, die anderen werden nur in Sternentänzers Hufe schauen. Ihr fegt sie alle weg. Schreib mir, wie es ausgegangen ist. Hals und Beinbruch! Übrigens: Cinderella und Silberstern lassen dich ganz lieb grüßen. Silberstern wird jeden Tag größer und schöner. Und trickreicher. Er stellt Sachen an, das glaubst du nicht. Es geht ihm in seiner neuen Herde bestens, aber er vermisst dich und Sternentänzer. Und ich vermisse euch auch. Bis bald. Deine Freunde aus Berlin!

Carolin ließ das Fax sinken. *Silberstern. Du fehlst mir auch!* Silberstern war Sternentänzers Fohlen, ein wunderschönes schwarzes Fohlen mit einem kleinen weißen Stern auf der Stirn. Doch sie hatte immer noch nicht herausgefunden, ob der Kleine die Gabe seines Vaters geerbt hatte. *Vielleicht werde ich es nie erfahren,* seufzte Carolin innerlich.

Es gab Tage im Leben, da war die Hoffnung mausetot. Heute war so ein Tag für Carolin. Immer wieder sah sie Feuervogel Julia ganz oben auf dem Siegertreppchen mit der Goldmedaille um den Hals. Strahlend, stolz, triumphierend, auftrumpfend!

Ines stellte ihr noch ein kleines Paket mit einer dicken Schleife vor die Nase. „Das hat Annabel für dich geschickt. Sie ist mächtig stolz."

„Hast du ihr denn schon gesagt, dass ich nur Zweite geworden bin?"

„Noch nicht." An diesen zwei Worten merkte Carolin, dass es ihrer Mutter sehr wohl etwas ausmachte, dass sie nicht gewonnen hatte. Wahrscheinlich hätte sie zu gern mit ihrer erfolgreichen Tochter angegeben.

„Pack aus!"

Die Geschenke von Tante Annabel waren immer der Brüller: selbst gestrickte Schals, mintgrüne Handschuhe, Pferdebücher, über die sich Fünfjährige freuen würden. Diesmal hatte sie eine Tasse mit einem Pferdekopf vorne drauf ausgesucht. Die hässlichste Tasse, die wohl jemals die Tassenwelt erblickt hatte! Der Pferdekopf war völlig misslungen. Die Augen zu groß, die Ohren zu klein, die Zähne wie von einem Haifisch.

„Ist doch nett von Annabel", meinte Ines. „Probier doch mal die Torte!"

Es kostete Carolin einige Überwindung, mit der Gabel in den Schweif eines Pferdes zu stechen, selbst wenn dieser aus Schokolade war.

„Dein Vater wollte auch noch kurz vorbeikommen", kündigte Ines an.

„Weiß er es?"

„Nein. Woher denn?"

Wie auf Kommando klingelte er auch schon an der Tür. Ines öffnete, Carolin zog den Kopf ein.

„Und?", fragte er gleich erwartungsvoll, als er die Küche betrat. „Hat's geklappt?"

Carolin schüttelte nur stumm den Kopf und piekste mit der Gabel Löcher in die Schokoglasur.

„Sie ist Zweite geworden, was ich auch ganz große Klasse finde", erklärte Ines. „Aber wenn du sie ansiehst, könntest du glatt meinen, sie sei auf dem letzten Platz gelandet."

Paul nahm sich einen Stuhl und setzte sich neben Carolin. Dann fasste er in die große Plastiktüte, die er bei sich trug. „Hier, mein Geschenk für dich."

Carolin sah auf. Es war eine Reithose. Aber keine gewöhnliche, sondern eine Jodhpur-Reithose mit kleinem Karomuster.

„Ich hab mich extra beraten lassen", fuhr Paul fort.

„Die Hose hat eine Fleeceinnenseite, hält dich also schön warm und, ganz wichtig, Flecken lassen sich mit einem Lappen abwischen. Ines muss sie also nicht jedes Mal waschen, wenn du vom Pferd fällst."

„Aber Paps!" Trotz ihres Kummers musste Carolin nun schmunzeln. „Erstens falle ich nicht so oft vom Pferd. Und zweitens ...", sie hielt die Reithose in die Höhe, „... sehe ich mit diesem komischen Karomuster aus wie ein Zirkusclown. Wenn ich damit über den Hof marschiere, lachen ja die Hühner! Ich glaube nicht, dass Sternentänzer so mit mir ausreitet!"

„Sie gefällt dir also nicht?“, erkundigte sich Paul leicht enttäuscht.

„Die Hose schon ...“

„Aber?“

„Gibt’s die vielleicht auch in einer anderen Farbe?“

„In Schlamm und in Schwarz, aber das fand ich eher langweilig. Die Verkäuferin meinte auch, Karo sei mal was anderes, ein ganz neuer Trend. Dunkle oder beigefarbene Reithosen tragen alle.“

Carolin gab ihm kichernd die Hose zurück. „Paps, in Schlamm fände ich sie richtig klasse.“

Paul zuckte ratlos die Achseln und steckte die Hose wieder in die große Plastiktüte. „Na gut, dann tausche ich sie eben um. Aber jetzt erzähl mal von deinem großen Rennen!“

„Da gibt’s nicht viel zu erzählen“, murmelte Carolin. „Zweiter Platz.“

Paul strich ihr zärtlich mit der Hand über die Wange. „Wir beide, deine Mutter und ich, sind trotzdem sehr stolz auf dich. Wenn ich bedenke, dass ich auf einem Pferderücken nicht mal zehn Meter geradeaus reiten könnte, dann ist ein zweiter Platz doch wirklich kein Grund, Trübsal zu blasen.“

Oh doch, wenn Julia Schlupf auf dem ersten Platz landet, schon!

Ehrlichkeit siegt

Was war das für ein total mieses Wochenende gewesen! Und auch am Montagmorgen fühlte sich Carolin immer noch richtig mies. Wie ein Felsen, der von einer Klippe kracht, wie ein ausgeblasenes Licht, wie ein Eiswürfel, der schmilzt. Carolins Stimme war weg. Sie krächzte. *Ich mache krank. Ich ertrage es nicht, Julia gleich wieder zu sehen,* dachte sie. *In ihr Gesicht blicken, das mir arrogant entgegenlächeln wird. Ich hab dich besiegt, Carolin, wird sie sagen. Du reitest seit Jahren und ich – ein paar Trainerstunden und schon schlage ich dich. Eigentlich müsste ich eine faire Verliererin sein und ihr gratulieren. Nein! Ich werde einfach vorbeigehen und nichts sagen. Nein, ich geh nicht. Ich geh einfach nicht in die Schule. Nie wieder. Ich lass mich auf ein Internat schicken.*

Schließlich raffte sich Carolin auf. Mit hängendem Kopf radelte sie in die Schule. Es war ein frostiger Novembermorgen. Auf den Pflanzen hingen kleine Frostblumen, die Luft roch schon richtig nach Schnee und jeder Atemzug hinterließ eine kleine weiße

Wolke. Als sich Carolin dem Bahnübergang näherte, traute sie ihren Augen kaum. Er stand sperrangelweit auf. Weit und breit war kein Zug zu sehen. *Merkwürdig! Heute ist so ein Tag, an dem die Schranke eigentlich geschlossen sein müsste. Ein doofer, schlechter Tag und ein gutes Zeichen passen eigentlich überhaupt nicht zusammen.*

Als sie ins Klassenzimmer kam, hatten sich schon alle um Julia geschart. An der Tafel hing der Zeitungsartikel, den Rüdiger Gärtner über Julias Sieg und ihre Reitkarriere geschrieben hatte: *Überraschungssiegerin schlägt Nachwuchsstar!* Von den anderen unbemerkt schlich sich Carolin auf ihren Platz. Lina saß schon da und warf ihr einen mitfühlenden Blick zu. „Es tut mir so Leid, Caro", murmelte sie schuldbewusst. „Es ist alles meine Schuld! Hätte ich dich nicht um den Ausritt gebeten, wäre Sternentänzer besser in Form gewesen und ihr beide hättet gewonnen."

Carolin packte ihre Hefte auf die Bank. „Schon gut, Lina! Vergiss es! Es ist passiert und fertig", sagte sie, so gut es ging, mit fester Stimme. Doch sie musste sich auf die Lippen beißen um nicht loszuheulen.

„Wie hast du das bloß gemacht, Julia? Du reitest doch erst seit so kurzer Zeit. Du musst ein echtes Naturtalent sein!" Heike stand voller Bewunderung in der ersten Reihe vor Julia. Die anderen dicht dahinter. Julia war gar nicht zu sehen.

„Echt super!", meldete sich auch Tina. „Was machst du eigentlich mit dem Preisgeld?"

„Ich verstehe das nicht." Luisa schüttelte den Kopf.

„Was war nur mit Caro los? Eigentlich hätte sie doch gewinnen müssen?“

„Julia war eben besser.“ Heike klopfte mit der Hand auf das Pult. „Ju-li-a Su-per-star“, rief sie laut. Die anderen stimmten mit ein und bald brüllte die ganze Klasse im Chor: „Ju-li-a Su-per-star!“ Nur Carolin und Lina schwiegen. Carolin beschäftigte sich mit ihren Heften, Lina sah betreten aus dem Fenster.

„Meine Herrschaften, ich darf doch bitten!“ Armin Pfefferbeißer, der in diesem Moment die Klasse betrat, blickte irritiert auf das Grüppchen um Julia. „Wenn man mich freundlicherweise informieren würde, was hier vor sich geht?“

„Julia hat das große Espenlaub-Turnier gewonnen“, klärte ihn Heike auf.

Pfefferbeißer schob seine Brille auf die Nase. „Und was ist dieses Espenlaub-Turnier?“

„Ein superschweres, wichtiges Distanz-Reitturnier“, erklärte sie weiter. „Julia hat gewonnen, obwohl sie noch gar nicht so lange reitet“, fügte sie mit einem Seitenhieb auf Carolin hinzu. „Ist das nicht toll!?“

„Meine Herrschaften, darf ich euch zunächst bitten, eure Plätze einzunehmen und die Feier auf Schulschluss zu verlegen.“

Als sich die Gruppe aufgelöst hatte, ging Pfefferbeißer auf Julia zu. „Na dann will ich nicht versäumen, dir zu deinem großartigen Erfolg zu gratulieren.“ Er hielt ihr die Hand hin.

Julia nahm sie und murmelte ein Dankeschön. Doch dabei hielt sie den Kopf gesenkt. Carolin stutzte. *Irgend-*

wie sieht sie überhaupt nicht aus wie eine strahlende Siegerin. Julias Augen glänzten verräterisch, so, als würde sie jeden Moment losheulen.

Pfefferbeißer nahm den Zeitungsartikel von der Tafel. „Wunderbar, dass wir ein so großes Talent an unserer Schule haben."

In diesem Moment öffnete sich die Tür. Margarete Hanselmeier, die Sekretärin des Direktors steckte ihren Kopf herein. „Darf ich kurz stören, Herr Pfefferbeißer?"

„Was gibt's denn, Frau Hanselmeier?"

„Ein TV-Sender, ein überregionaler sogar, hat bei uns angerufen und möchte gern ein Interview mit Julia Schlupf machen. Zwei Leute kommen gleich. Natürlich hat der Herr Direktor nichts dagegen, wenn das bei uns hier in der Schule stattfindet. So wird unsere Schule bekannt. Von der Zeitung hat sich auch schon jemand angemeldet."

Pfefferbeißer zuckte die Achseln. „Wenn der Herr Direktor nichts dagegen hat, bin ich natürlich auch einverstanden." Er wandte sich an Frau Hanselmaier. „Sagen Sie doch Julia Bescheid, wenn es so weit ist." Mit einem zufriedenen Lächeln schloss Frau Hanselmeier wieder die Tür hinter sich.

Pfefferbeißer zwinkerte Julia zu. „Tja, da wirst du jetzt wohl berühmt werden."

Julia verzog keine Miene. Kalkweiß und so aufrecht, als hätte sie einen Stock verschluckt, saß sie an ihrem Platz. Ihre Lippen waren dünn wie ein Strich und völlig farblos.

„Sieht überhaupt nicht aus wie eine glücklich Siegerin", raunte Lina Carolin zu.

„Stimmt.“ Carolin nickte. „Ich hätte gedacht, sie würde ihren Triumph richtig auskosten. Purzelbäume schlagen, auf den Tischen tanzen, mir dumme Sprüche reindrücken. Komisch! Sie hat kein Wort zu mir gesagt. Sie hat mich nicht mal mitleidig angesehen.“

„Ob sie unter Schock steht?“, überlegte Lina. „Völlig überwältigt von ihrem Sieg ist?“

„Irgendetwas stimmt jedenfalls nicht mit ihr!“

„Schluss mit dem Getuschel, Herrschaften! Wir werden uns nun wieder den wichtigen Dingen des Lebens, wie zum Beispiel Mathematik, widmen.“

Der Tag war immer noch frostig. Aber hin und wieder blinzelte die Sonne durch die dicke Wolkendecke, als Carolin nach der Schule nach Lindenhain radelte. Beim Bäcker Bauer holte sie sich schnell noch ein Sandwich gegen den Hunger. Die Verkäuferin beäugte sie mitleidig. „Hat ja leider nicht ganz geklappt mit dem Turniersieg“, meinte sie, während sie das Sandwich in die Papiertüte schubste. „Bist du sehr traurig?“

Nein, ich könnte die ganze Welt umarmen vor Freude! „Ist schon okay.“

„Aber da sieht man mal wieder, was die Zeitungen für einen Schwachsinn schreiben. Von wegen Zauberpferd, Indianerlegende und magische Kräfte.“ Kopfschüttelnd reichte sie Carolin die Tüte. „Hättest du ein magisches Pferd, hätte das ja wohl auch das Rennen gewonnen. Oder?“

Carolin packte die Tüte in ihren Rucksack. *Stimmt!* So hatte sie das ja noch gar nicht gesehen. Sie seufzte. *Jetzt bin ich wenigstens diesen Pressefuzzi Rüdiger los und Sternentänzer ist außer Gefahr.* Dachte sie zumindest.

Als sie auf Lindenhain ankam, stand Gunnar im Hof. Er rauchte und kickte mit seinem Cowboystiefel kleine Steinchen. Das war ein schlechtes Zeichen. Gunnar rauchte nur, wenn er Stress hatte.

„Hi Gunnar."

Gunnar kam gleich auf sie zugelaufen. „Sag mal, was ging denn da ab? Ich versteh die Welt nicht mehr!"

Carolin sah ihn fragend an. „Was meinst du?"

„Na alles. Das ganze Turnier war doch ausgesprochen merkwürdig. Kaum Teilnehmer. Dann gewinnt Julia, die den gleichen Trainer hatte wie du. Den Trainer, dessen Aufgabe es war, dich fit zu machen und nicht sie." Er zog kräftig an seiner Zigarette. „Ich versteh das nicht! Das Turnier war seit Wochen angekündigt, eines der größten und wichtigsten bei uns. Und dann kommt keiner?" Gunnar schüttelte den Kopf. „Übrigens, Caro. Vicky hat einen Siegerkuchen gebacken. Ich konnte sie nicht davon abhalten." Er zwinkerte ihr zu. „Den muss jetzt natürlich die Siegerin essen!"

Carolin musste lächeln. „Das ist schon der zweite kleine Trost an diesem düsteren, trostlosen Tag."

Gunnar schob seinen Cowboyhut in den Nacken und klopfte Carolin auf die Schulter. „Du weißt, Caro, dass du für mich die Siegerin bist. Aber lass uns mal faire Verlierer sein und Julia einen angemessenen Empfang bereiten." Er sah sich um. „Hast du den Timo irgendwo gesehen?"

„Nö."

Kurz darauf kam Julia mit dem Taxi. Nicht wie eine triumphierende Siegerin, sondern eher kleinlaut und zögerlich stieg sie aus dem Wagen. Ganz im Gegensatz zu sonst hatte sie sich auch kaum herausgeputzt. Die Haare waren zu einem schlichten Pferdeschwanz gebunden. Sie trug einen schwarzen Rollkragenpullover, eine einfache schwarze Hose und war kaum geschminkt. *Sieht eher aus, als würde sie zu einer Beerdigung gehen,* wunderte sich Carolin. *Komisch! Na ja.* Sie atmete tief durch und beschloss Größe zu zeigen. Sie ging auf Julia zu. „Gratuliere, Julia."

„Danke", murmelte die und lief, ohne Carolin anzusehen, weiter in den Stall.

Als Julia verschwunden war, kam Timo aus dem Gästehaus. Todschick im beigen Kaschmirmantel und mit Sonnenbrille mit blau gefärbten Gläsern. Seine Schuhe glänzten nigelnagelneu.

„Hi Caro, zu dir wollte ich. Ich hab gerade mit Eschenbach telefoniert. Er gratuliert dir ganz herzlich zu deinem zweiten Platz. Gute Arbeit, meinte er."

„War er denn überhaupt nicht enttäuscht?", wunderte sich Carolin. „Er wollte doch eigentlich, dass ich das Turnier gewinne."

Timo schob seine Brille zurück und schaute sie mit

seinen kalten grünen Augen an. „Aller Anfang ist schwer, das weiß auch er. Aber ein zweiter Platz ist doch schon ganz klasse. Prima Ausgangsbasis.“ Er klopfte ihr kameradschaftlich auf die Schulter. „Wir müssen eben in der nächsten Zeit noch intensiver trainieren.“ Er rieb sich die Hände. „Heute ist aber erst mal Pause angesagt, ich muss allerhand erledigen. Morgen gehen wir's dann frisch an! Punkt zwei Uhr vor dem Stall.“

Carolin nickte. Sie blickte ihm nach, als er pfeifend vom Hof ging. *Ich hätte große Lust, alles hinzuschmeißen. Wenn Eschenbach nicht wäre, wenn Gunnar seinen Kredit nicht bräuchte!* Sie seufzte und lief zu Sternentänzer in den Stall. Er wieherte ihr schon freudig entgegen. Carolin holte eine Hand voll Leckerli und hielt sie ihm hin. Seine weichen Nüstern kitzelten ihre Handfläche. „Mein süßer Sternentänzer. Wenigstens bist du aus der Schusslinie. Dieser Rüdiger wird sich jetzt auf Julia konzentrieren und uns beide in Ruhe lassen.“ Carolin liebkoste den Hals des Pferdes. „Eigentlich bin ich froh, dass wir nur auf dem zweiten Platz gelandet sind. Denn du bist mir viel, viel wichtiger als jeder Turniersieg der Welt.“

Auf einmal raschelte und schniefte es hinter ihr. Carolin fuhr herum. Da stand Julia in der Boxentür. Sie sah aus wie ein Häufchen Elend. Ihre Augen trieften, die Wimperntusche hatte schwarze Streifen auf ihren Wangen hinterlassen.

„Julia“, rief Carolin entsetzt. „Was ist denn mir dir los?“

„Ach Caro!“, schluchzte sie jämmerlich auf. „Es ist alles so furchtbar.“

„Was denn?“, fragte Carolin verblüfft.

Julia schniefte verzweifelt und sah sie mit großen, traurigen, roten Kaninchenaugen an. Als Julia so erbärmlich dastand, war Carolins Wut auf sie mit einem Mal wie weggeblasen. Auf ein Häufchen Elend konnte man nicht sauer sein! Carolin nahm ihre Hand und zog sie auf einen Strohballen neben Sternentänzers Box. „Was ist denn los? Erzähl!"

Julia schluckte, krallte sich an Carolins Hand fest und begann zu erzählen. Als sie geendet hatte, sprang Carolin auf und fuhr sich mit beiden Händen durch die Haare. „Das darf doch alles nicht wahr sein!"

„Doch. Ich hab ihn geliebt, Caro. Ich dachte, er liebt mich auch. Aber er hat mir nur was vorgespielt, mich nur benutzt um an das Preisgeld zu kommen."

„Und die ganzen Ausfälle gehen auf sein Konto?", wiederholte sie ungläubig.

„Ich wollte es auch nicht glauben", schniefte Julia.

„So ein skrupelloser Typ! Er hat Menschen in Gefahr gebracht und Pferde. Nur wegen des Geldes?!"

„Ja, er war nur auf meine Siegprämie aus", schluchzte Julia. „Ich Vollidiot war so blind und bin auf seine schönen Worte reingefallen."

„Komm!" Carolin packte Julia am Arm und zerrte sie hoch. „Das müssen wir sofort Gunnar erzählen."

„Caro, warte noch einen Moment!"

„Was?"

„Ich möchte mich bei dir entschuldigen. Es tut mir alles sehr, sehr Leid. Ich war so eine Dumpfbacke!"

Carolin sah Julia an. Deren Augen verrieten, dass sie es wirklich ernst meinte.

Julia holte tief Luft. „Weißt du, eigentlich hab ich dich immer beneidet, Caro! Du hast etwas, das dich so glücklich macht. Du hast dein Pferd. Ich wollte auch ein Hobby, das mir so viel Freude bereitet. Aber ..." Sie schniefte. „Pferde sind nicht meine Welt. Auch wenn ich mich noch so anstrenge." Sie fasste in ihre Hosentasche, holte die Goldmedaille heraus, die sie beim Espenlaub-Turnier gewonnen hatte, und hängte sie Carolin um den Hals. „Die gehört eigentlich dir, Caro."

„Nein." Carolin nahm die Medaille ab und drückte sie Julia in die Hand. „Ich will sie nicht. Nicht so."

Julia versenkte sie wieder in ihrer Hosentasche. „Caro?"

„Ja?"

„Verzeihst du mir?"

Carolin zögerte einen Augenblick. Ihr ganzer Zorn auf Julia war verraucht, nun tat ihr Julia nur noch schrecklich Leid. Sie streckte den Arm aus. „Komm her!", sagte sie und zog sie an sich. „Du bist ja wohl genug bestraft. Und jetzt knöpfen wir uns den feinen Timo vor. Oder besser, überlassen das Gunnar."

Gunnar hörte sich die ganze Geschichte mit versteinerter Miene an. Ohne ein Wort zu sagen, holte er den Generalschlüssel für das Gästehaus aus der Tischschublade und stürmte in Timos Zimmer. Dort riss er alle Klamotten aus dem Schrank, packte sie in die beiden Koffer und stellte sie auf der Holzterrasse des Gästehauses ab. Dann rief er Timo auf dem Handy an und zitierte ihn herbei. Mit finsterer Miene stellte er sich neben die Koffer und wartete. Julia und Carolin auch. Zehn Minuten später kam Timo an. Mit flatterndem Mantel, die Brille über den Augen. „Hallo, alle zusammen! Was ist denn das für eine Versammlung? Hab ich die Siegesfeier etwa versäumt?“ Dann fiel sein Blick auf seine Koffer, er stutzte. „Was machen denn meine Koffer hier?“

Gunnar sah ihn verächtlich an. „Was sind Sie nur für ein Mensch? Verlassen Sie auf der Stelle meinen Reiterhof, Sie mieser kleiner Betrüger! Und lassen Sie sich hier nie wieder blicken!“ Mit diesen Worten drehte er sich um und ging zurück ins Haupthaus.

Timo blickte von Julia zu Carolin und wieder zurück. „Was ist denn mit dem los? Was geht denn hier ab?“

„Ich hab ihm alles erzählt, Timo“, gestand Julia mit Tränen in den Augen.

„Wie kann man nur so fies sein!“, fügte Carolin kopfschüttelnd hinzu.

„Hab dich nicht so! Es geht ums Gewinnen! Wie du gewonnen hast, danach kräht kein Hahn.“

Carolin sah ihn verächtlich an. „Nee Timo, ich will ehrlich gewinnen oder gar nicht.“

„Wisst ihr was? Ihr seid mir sowieso schon ganz schön auf die Nerven gegangen. Der reinste Kindergarten hier.“ Timo packte seine Koffer und marschierte grußlos an ihnen vorbei zu seinem Auto.

Julia sah ihm nach. Eine dicke Träne rollte über ihre Wange. Carolin legte den Arm um sie. „Vergiss ihn, der Typ ist es echt nicht wert!“

„Hallo, Carolin“, flüsterte auf einmal eine Stimme ganz nah an ihrem Ohr.

Carolin fuhr herum. Vor ihr stand Rüdiger Gärtner.

Seine kleinen, fiesen Fischaugen leuchteten. „Ich habe da etwas, das würde ich dir gern zeigen."

„Kein Interesse", gab Carolin knapp zurück.

„Oh, das glaube ich aber doch!" Rüdiger nickte so wild, dass sein feistes Doppelkinn heftig hin und her schwabbelte.

„Ich hab da was, was dich sehr interessieren wird. Ich sage nur: Vollmondnacht vor dem Turnier. Du, deine kleine rothaarige Freundin und dein Sternentänzer. Ich habe euch die ganze Nacht begleitet und ich denke, darüber sollten wir uns dringend unterhalten." Er zog einen Camcorder aus seiner Tasche und schwenkte ihn triumphierend hin und her. „Alles festgehalten! Dein ganzer Vollmondritt. Also, morgen Nachmittag um vier Uhr im Gemeinschaftsraum! Zuvor muss ich noch ein paar wichtige Dinge erledigen."

Carolin erstarrte vor Entsetzen. *Was kann diese Qualle von Rüdiger gefilmt haben? Hat er gehört, was ich gefragt habe und den Spruch aufgenommen? Hat er gemerkt, dass während des Ritts etwas mit mir passierte? Habe ich mich merkwürdig verhalten? Mit den Augen gerollt? Oder bin ich wie in Trance auf Sternentänzer gesessen, während er in vollem Galopp dahinjagte?* Fragen über Fragen schossen durch Carolins Kopf.

Was weiß Rüdiger?

Am nächsten Morgen hatte Carolins Laune den Nullpunkt erreicht. In der Schule blieb der Platz neben ihr leer. *Lina, wo bist du? Ich brauch dich.* Carolin konnte sich kaum auf den Unterricht konzentrieren, im Geiste sah sie ständig Rüdiger.

In der Pause baute sich dann Tina vor Carolins Bank auf. Offenbar hatte Julia reinen Tisch gemacht. Tina war nun die Erste, die das Eis brach, und Carolin eine Tüte mit gemischten Gummitierchen entgegenstreckte. „Such dir aus, was du willst! Wenn's geht, nicht die Frösche mit dem Zuckerbauch, die ess ich nämlich für mein Leben gern."

Carolin musste schmunzeln. Sie hatte zwar überhaupt keine Lust auf Gummitiere, doch sie wollte Tinas Versöhnungsangebot nicht abschlagen und zog eine Gummischlange aus der Tüte. Julia schlich mit betretenem Gesichtsausdruck um Carolin herum. Heike hinterher. Nach der vierten Stunde nahm sich Luisa ein Herz und kam zu ihr. „Caro, ich hab mich total bescheuert verhalten", erklärte sie zerknirscht.

„Stimmt." Carolin nickte. Luisas Verhalten hatte sie am meisten enttäuscht. Bevor Lina in die Klasse gekommen war, war sie ihre beste Freundin gewesen.

„Ich hätte zu dir halten sollen!"

„Tja."

Betreten guckte Luisa zu Boden. „Ich hab nicht nachgedacht. Hab mich von Julias Gequatsche einfach beeinflussen lassen."

Carolin verzog das Gesicht. „Bei dir hat mich das am meisten verletzt, Luisa. Ich hätte zu dir gehalten."

„Ach ja?", begehrte Luisa mit einem Mal auf. „Das hab ich gesehen, als Lina zu uns kam. Da bist du nur noch mit ihr rumgezogen und hast mich total vergessen! Was meinst du, wie mich *das* verletzt hat?"

Carolin starrte Luisa fassungslos an. „Aber das ist doch jetzt schon eine Ewigkeit her!"

„Na und?"

Plötzlich begriff Carolin. „Du wolltest mir das jetzt heimzahlen?"

Luisa schüttelte den Kopf. „Nein, das nicht. Oder vielleicht doch, ein bisschen. Ich weiß nicht."

Carolin zögerte kurz, dann hob sie ihre rechte Hand zum Abklatschen.

Luisa verstand nichts. „Was soll das?"

„Gimme five!"

„Warum?"

Carolin lächelte. „Irgendwie sind wir doch jetzt praktisch quitt, oder?"

Wenn man sehnsüchtig auf etwas wartet, schleicht die Zeit im Schneckentempo dahin. Nein, noch langsamer! Carolin zählte die Minuten, bis es endlich vier Uhr wurde und malte sich gleichzeitig die schrecklichsten Geschichten aus. Mit jeder Minute wurde alles noch schlimmer.

Um Punkt vier Uhr saß Carolin dann wie auf glühenden Kohlen im Gemeinschaftsraum. Mit einer Gänsehaut vom großen Zeh bis zu den Haarspitzen. *Wenn Rüdiger wirklich alles gefilmt hat? Meinen Ausritt. Meine Vision. Man sieht, wie ich in Trance falle? Sternentänzers Geheimnis zum Anschauen? Den Film ans Fernsehen verkauft?* Carolin knabberte an ihrer Unterlippe. *Ich nehme Sternentänzer und wir gehen weg. Wandern aus. Nach Berlin zu Ferdi. Oder besser nach Südamerika. Irgendwohin, wo uns niemand kennt.*

„Schön, du bist pünktlich." Die dicke Qualle mit den Fischaugen kam angeschnauft. In aller Ruhe stellte Rüdiger seine Tasche ab und holte sich erst mal einen Kaffee aus dem Automaten, während Carolin vor Aufregung beinahe vom Stuhl kippte.

Mühsam bewegte sie die Lippen, sie fühlte sich scheußlich. „Was wollen Sie von mir?"

„Immer mit der Ruhe." Er betrachtete jedes Fach im Automaten. „Habt ihr denn gar nichts Leckeres?"

Schließlich zog er sich eine Tüte mit Schokobonbons und setzte sich Carolin gegenüber an den Tisch. Quälend langsam wickelte er ein Bonbon aus und steckte es sich in den Mund. Dann öffnete er seine Tasche und zog den Camcorder heraus. „So, dann wollen wir mal."

Mit jeder Sekunde sackte Carolin ein Stückchen mehr auf ihrem Stuhl zusammen. Sie wollte wegrennen, doch es war, als wäre sie mit unsichtbaren Stricken an den Stuhl gefesselt.

„Weißt du, Carolin?" Er sah sie mit seinen Fischaugen an. Heute trug er eine kanariengelbe quadratische Brille. „Es geht nicht gegen dich. Du bist ein nettes Mädchen, ich hab nichts gegen dich. Aber", er atmete tief, „ich muss an meine Karriere denken. Und wenn ich einer so bekannten Zeitung wie dem „Morgen" eine so krasse Story liefere wie die über dein Pferd, dann stehen mir alle Türen offen." Er packte ein zweites Schokobonbon aus und warf es ein.

Und weiter! Spann mich nicht länger auf die Folter! Ich halte das nicht mehr aus.

„Wie gesagt, ich habe mich bei deinem Vollmondtrip auf die Lauer gelegt." Er schnalzte laut mit der Zunge. „Hättest du eigentlich wissen müssen, war verdammt unvorsichtig von dir."

Lina. Es war wegen Lina. Und wegen Ami. Und ich würde es jederzeit wieder tun, dachte Carolin tapfer. *Egal, was jetzt kommt.*

Er schob das dritte Bonbon in den Mund und tippte auf seinen Camcorder, den er auf dem Tisch in Position brachte. „Meine kleine Freundin hier hat alles festgehalten. Du wirst dich wundern, Kleine! Diesen Film werden mir die Verlage aus den Händen reißen. Damit mach ich Kohle ohne Ende. *Das Geheimnis um den weißen Hengst* werde ich den Film nennen." Der Monitor des Camcorders stand nun direkt vor Carolin. „Vorhang auf! Also, genieß die Vorstellung!“ Rüdiger drückte verheißungsvoll den Startknopf.

Carolin starrte wie gebannt auf den Monitor. Starrte und starrte und starrte. Und sah – nichts! Gar nichts! Schwarz. Ein bisschen Flimmern. Sonst nichts. Keinen Sternentänzer, keinen nächtlichen Ausritt. Nur schwarz.

„Und, was sagst du?“, schmatzte Rüdiger mit dem vierten Bonbon im Mund.

„Ich ... ich weiß nicht ...“

Rüdiger verschränkte zufrieden die Hände über seinem dicken Bauch. „Das verschlägt dir glatt die Sprache, das war mir klar.“

Carolin sah ihn verwundert an. „Wollen Sie mich auf den Arm nehmen?“ Sie wagte es noch nicht, sich zu freuen. *Denn wer weiß, was er vorhat? Vielleicht ist das nur ein Test und er hat noch einen zweiten Film in der Tasche?*

„Red dich nicht raus! Was hast du dazu zu sagen?“

Carolin schüttelte den Kopf. „Nichts. Ich sehe nichts. Der Film ist total schwarz.“

„Wie?“ Rüdiger riss das Gerät zu sich herum. Starrte auf den Monitor. Drückte einen Knopf, einen anderen, noch einen, alle hintereinander, alle auf einmal. „Das darf doch nicht wahr sein!“, brüllte er dann mit hochrotem Kopf.

Kein Test? Kein zweiter Film? Sah zumindest nicht so aus. Carolin wagte es, ein ganz klein bisschen aufzuatmen und ihre Unterlippe loszulassen, die sie inzwischen blutig gebissen hatte.

„Gelöscht. Alles gelöscht.“ Rüdiger knallte zuerst mit

der Faust auf den Tisch, dann auf den Camcorder. „Was zum Teufel soll das? Wer hat meine Kassette gelöscht?“, schrie er so laut durch den Raum, dass sich Carolin vor Schreck die Ohren zuhielt. „Welcher verdammte Idiot hat meinen Film gelöscht?!!“ Wie von der Tarantel gestochen sprang er auf und rannte im Raum auf und ab. „Jetzt kann ich meine Karriere knicken. Alles kaputt. Aus und vorbei! Wenn ich rausfinde, wer das war! Ich dreh ihm den Kragen um, dass schwör ich!“ Schließlich ging er zurück an den Tisch, packte seine Sachen ein und rauschte zornig und mit hochrotem Kopf aus dem Zimmer.

Jaaah! Carolins Herz schlug vor Erleichterung Purzelbäume. Einen nach dem anderen.

Mit kleinen Luftsprüngen hopste Carolin vom Gemeinschaftsraum zur Koppel, wo Sternentänzer auf der Weide mit den anderen Pferden tobte. Carolin sprang mit einem Satz auf das Holzgatter und streckte die Nase in die Sonne. Wo sie hinschien, war es richtig schön war. Heute Morgen sah die Welt noch so trüb aus, und jetzt! Carolin lächelte. *Das Bahnorakel hat Recht gehabt. Klar! Orakel haben immer Recht.*

„Hi.“ Nick puffte sie in die Seite. „Träumst du von deinem großen Turnier?“

Carolin streckte sich wohlig. „Ach was. Viel besser! Ich glaube, wir haben jetzt Ruhe vor dieser Qualle Rüdiger.“

„Ach ja?“

„Stell dir vor, Nick, der Typ wollte mir einen Film zeigen. Er ist mir in einer Vollmondnacht gefolgt und hat gefilmt, wie ich mit Sternentänzer ausgeritten bin."

„Ist ja schrecklich!"

Carolin sah Nick an. „Sag mal, warum grinst du eigentlich? Was bitte ist daran so komisch?"

„Nichts." Nick schüttelte energisch den Kopf und versuchte offenbar krampfhaft ernst zu bleiben. „Erzähl ruhig weiter!"

„Rüdiger tat also ganz wichtig und wollte mir mit seinem Camcorder einen Film vorführen. Ich bin fast vor Aufregung geplatzt oder richtiger: vor Verzweiflung gestorben. Dann machte er das Ding an und – nichts."

Nun konnte sich Nick nicht mehr halten und prustete los vor Lachen.

„Was ist denn mit dir los?" Carolin sah ihn irritiert an. „Stell dir vor, er hätte mich wirklich gefilmt! Das wäre eine Katastrophe gewesen!"

Nick wischte sich die Lachtränen aus den Augen. „Ich hätte zu gern Rüdigers Gesicht gesehen, als er feststellte, dass die Kassette leer war!"

Carolin musterte ihn argwöhnisch. „Was, wenn da was drauf gewesen wäre, Nick?", wiederholte sie. „Ich hatte so unglaublich Panik!"

„Caro!" Nick legte seine Hand beruhigend auf ihre Schulter. „Auf der Kassette konnte nichts sein. Ich hab sie nämlich gelöscht."

„Wie?" Carolin sah ihn völlig entgeistert an. So, als hätte er eben gestanden, von den Marsmännchen abzustammen. „Du hast was?"

„Den Film gelöscht."

„Aber woher wusstest du ...?"

„Ich hab zufällig gehört, wie er mit jemandem vom „Morgen" telefoniert und die heißeste Story aller Zeiten angeboten hat. Hab alles auf Film, hat er ständig versichert. Tja, und als er einen Moment nicht aufpasste, schlich der schlaue Nick in sein Zimmer und löschte die Kassette."

„Mann, Nick!" Carolin ließ sich vom Zaun in seine Arme fallen. „Du bist der beste, der allerallerbeste Freund, den man sich wünschen kann."

Nick lehnte sich gegen den Zaun und deutete mit dem Kopf in Richtung der Pferde. „Ich hab's auch für sie und für mich getan."

„Wie meinst du das?"

„Dieser ganze Rummel mit den Feriengästen und Journalisten und Knallköpfen wie diesem Timo geht mir allmählich tierisch auf die Nerven."

„Echt?"

„Überall sind Menschen. Immer und überall! Im Gemeinschaftsraum, im Stall. Ich kann nicht mal in Ruhe einstreuen, ständig klebt mir irgendjemand am Bein und quatscht mir die Ohren voll."

„Stimmt." Carolin nickte. „Neulich wollte glatt jemand Sternentänzer satteln und mit ihm losreiten. Ich bin in letzter Minute dazugekommen, um es zu verhindern."

„Bis spät nachts hörst du Lärm aus dem Gästehaus. Überall liegen Kippen, Dosen und Papier rum. Ich glaube auch, dass der Rummel den Pferden nicht gut tut."

Carolin blickte nachdenklich auf die Weide.

„Schau dir mal Sophia an! Rank und schlank. Das arme Tier kommt vor lauter Arbeit gar nicht mehr zum Fressen. Oder Marhaba. Findest du nicht, dass er sehr müde aussieht? Auch die beiden neuen Ponys Trixie und Stella latschen nur mit irgendwelchen Kids auf dem Rücken im Kreis herum. Stellas Schritt ist schon schwerfällig und schlürfend und die arme Hermine hat nervöse Zuckungen." Er deutete in Richtung Sternentänzer. „Und dein Liebster hat auch schon einen ganz hektischen Blick. Bei allem Verständnis für die Kohle, Caro. Ich glaube nicht, dass Lindenhain gerade eine gute Entwicklung durchmacht. Zum Wohle der Pferde bräuchten wir hier mal wieder etwas Ruhe."

Carolin betrachtete Sternentänzer beunruhigt. Hatte Nick Recht?

Das Heilungsritual

Am 18. November, einem Samstag, stand Lina schon um halb sieben Uhr morgens vor Carolins Haustür und klingelte Sturm. Noch im Schlafshirt wetzte Carolin so schnell die Treppe hinunter, dass sie die letzten beiden Stufen fast hinunterkugelte. Mit einem „Bei dir piept's wohl?“ riss sie die Tür auf. „Weißt du, wie spät es ist?“ Sie spähte kurz hinaus. „Es ist noch stockfinster draußen.“

„Brrr und eiskalt“, ergänzte Lina. „Würdest du mich bitte reinlassen?“

Carolin ließ sie hinein und schloss die Tür. „Lina, was willst du so früh?“

„Sag bloß, du hast es vergessen?“

„Was?“

„Die Harissuma-Pflanze. Sie blüht heute. Am 18. November.“

„Stimmt!“ Im Durcheinander der letzten Tage hatte Carolin tatsächlich nicht mehr daran gedacht.

„Du hast es vergessen!“, stellte Lina auch glatt fest.

„Schon, ich geb's zu, aber jetzt hast du mich ja wieder daran erinnert.“

„Caro? Was ist denn los?“ Ines stand oben an der Treppe und rief nach unten. In ihrem weißen Nachthemd und mit den abstehenden Haaren sah sie aus wie ein Nachtgespenst, das eine Bürste verschluckt hatte.

„Nichts, Mam. Schlaf ruhig weiter! Es ist nur Lina. Alles in Ordnung.“

„Na gut.“ Ines tapste zurück in ihr Schlafzimmer.

Lina blies sich in ihre eiskalten Hände. Vor lauter Aufregung hatte sie die Handschuhe vergessen. Carolin zog sie in die Küche und machte die Heizung an. „Hier, halt deine Hände drüber!“ Dann bereitete sie zwei Tassen Kakao und stellte sie in die Mikrowelle. „Ich zieh mir nur schnell was an.“

Als sie zurückkam, hockte Lina am Tisch und wärmte ihre Hände an der Tasse. „Saukalt draußen“, stöhnte sie.

Carolin setzte sich zu ihr. „Warum bist du denn schon so früh hier? Der *Botanische Garten* öffnet doch erst um zehn.“

Lina sah Carolin an. „Und bis wir dort sind? Dauert auch knapp ’ne Stunde. Außerdem konnte ich nicht schlafen. Du glaubst ja gar nicht, Caro, wie nervös ich bin.“

Carolin tätschelte beruhigend Linas immer noch eisige Hände. „Das wird schon!“

Lina lehnte sich zurück. „Ich hatte einen Traum, Caro. Ich stand auf einem Platz mit hohen Mauern. Ein sonniger stiller Platz. Da waren hohe Sträucher und das Geräusch von Wasser. Der Himmel war so hell, dass man nicht hinaufblicken konnte. Ich hab’s versucht, immer wieder, doch es ging nicht. Meine Augen haben das gleißende Licht nicht ertragen, ich musste meine Augen mit der Hand bedecken. Auf einmal stand Ami neben mir. Sie nahm meine Hand von den Augen und deutete mir an hochzublicken. Der Himmel war noch genauso hell, doch nun konnte ich hochsehen. Und ein Gefühl von Wärme und Glück durchflutete mich. Es war ein wunderbares Gefühl. Aber dann war Ami plötzlich weg."

Carolin hatte andächtig gelauscht. „Was für ein merkwürdiger Traum!"

„Ich hab Angst, Caro. Vor der Botschaft aus diesem Traum. Warum schaffe ich es nicht allein? Und warum ist Ami plötzlich weg?" Lina schlug panisch die Hände vors Gesicht.

Nach drei Tassen Kakao war es schließlich neun Uhr und die beiden Mädchen machten sich auf den Weg. Sie nahmen den Bus von Lilienthal nach Grünstadt. Dass das Städtchen Grünstadt einen *Botanischen Garten* hatte, verdankten die Bürger einem Naturkundeprofessor. Mithilfe vieler Spenden hatte der mehrere Gewächshäuser mit verschiedenen tropischen Pflanzen eingerichtet. Der Garten war zwar eher ein Gärtchen, so groß wie in Großstädten Gärtnereien. Doch die Grünstädter mochten ihr Gärtchen. Die Spendenkasse war meist voll, sodass fast jeden Monat eine neue Pflanze dort Einzug hielt. Ein kleiner Rundweg führte durch einen Park, vorbei an tropischen Bäumen und Sträuchern, zu den Gewächshäusern. Punkt zehn standen Carolin und Lina am Eingang. Sie waren die Ersten.

„Puh, ist das warm hier!“, stöhnte Lina.

„Tropische Pflanzen wachsen nun mal nicht am Gletscher“, frotzelte Carolin.

„Sehr witzig.“ Lina sah sich um. „So viele Pflanzen! Wie sollen wir da nur unsere Harissuma finden? Bis wir alle überprüft haben, ist es Abend und sie ist verblüht!“

Carolin schloss die Augen und versuchte sich zu konzentrieren. „Die Blüte war orange, orangegelb, mittelgroß und sehr, sehr hübsch.“

„Super!“ Lina blickte sich um. „Fast jede zweite Pflanze blüht hier orange. Am besten suchst du die rechte Seite ab und ich die linke.“

„Was, wenn wir die Blüte gefunden haben?“

„Dann müssen wir sie abschneiden und mitnehmen.“

Carolin, die plötzlich Gewissensbisse bekam, rümpfte die Nase. „Ist eigentlich verboten.“

„Caro! Es geht um Leben und Tod!“

„Du hast ja Recht. Es ist wirklich eine Notsituation.“

So schnell sie konnten, überprüften die zwei jede einzelne Pflanze. Auf einmal stieß Lina einen lauten Schrei aus. „Caro, schnell! Ich glaub, ich hab sie! Ist sie das?“

Carolin eilte zu Lina, die vor einer wunderschönen orangegelben Blüte stand. „Mann, Lina, sie ist in echt noch viel schöner als in meiner Vision!“ Sie deutete auf ein kleines Etikett. „Siehst du, hier steht’s auch: Harissuma. Blüht nur einmal im Jahr. Am 18. November. Also, mach flott, bevor mehr Besucher kommen und das einmalige Blühen der Pflanze bewundern wollen.“

„Gibt mir Rückendeckung!“, flüsterte Lina. Noch waren nicht allzu viele Besucher da. Lina zog eine Schere aus ihrer Jacke und trennte die Blüte behutsam von der Pflanze. „Tut mir Leid, Pflanze, aber meine Ami braucht dich ganz dringend!“ Vorsichtig packte sie die Blüte in ihren Rucksack. „Lass uns verschwinden!“, raunte sie Carolin zu. Blitzschnell stahlen sich die zwei davon.

Wieder zurück in Lilienthal, radelten Carolin und Lina mit der Blüte im Rucksack sofort zur Wohnwagenwiese. Lina stürzte gleich in ihren Wohnwagen, holte eine Schüssel mit Wasser und legte die Blüte hinein. „So, das war der erste Schritt.“

„Und der zweite?“, erkundigte sich Carolin.

„Der Zettel!“ Panische Hektik erfasste Lina. „Wo hab ich bloß den Zettel mit dem Heilungsritual hin?“

Carolin verdrehte die Augen. „Oh nein, Lina!“

„Ich hab ihn ganz gut versteckt. Wenn mir jetzt nur einfallen würde, wo?“

Das kann ja heiter werden, dachte Carolin. *Lina ist die Unordnung in Person.* „Ganz langsam. Wo hattest du ihn zum letzten Mal in der Hand?“

Lina raufte sich die Haare. „Carolin, wenn der Zettel weg ist, dann ist alles aus!“

„Denk nach, Lina!“

Lina stiefelte aufgeregt auf und ab. „Wo hab ich bloß diesen blöden Zettel hin?“ Auf einmal blieb sie stehen und klatschte in die Hände. „Mann, bin ich bescheuert! Ich hab ihn in Amis Truhe zurückgelegt. Dort, wo ich ihn gefunden habe!“

„Dann nichts wie hin!“ Carolin nahm das Gefäß mit der Blüte. „Ein paar Blütenblätter sehen schon ganz welk aus, Lina. Wir sollten uns besser beeilen!“

Mit einem Affenzahn raste Lina in Amis Wohnwagen. Carolin balancierte vorsichtig die Blüte hinterher und stellte sie auf den Tisch. Der kleine Rabe spürte wohl, dass etwas Bedeutendes vor sich ging, denn er flog noch hektischer als sonst umher. „Kannst du ihn nicht mal kurz irgendwo einsperren?“

Lina schüttelte den Kopf. „Wo denn? Er verlässt den Wohnwagen nur auf Amis Schulter zum Kräuterpflücken, sonst nicht. Zieh einfach den Kopf ein, wenn er wieder einen Sturzflug probt. Also ...“ Sie faltete den Zettel auf, den sie aus Amis Truhe geholt hatte, und überflog die Zeilen.

Carolin sah sie erwartungsvoll an. „Und?“

Lina seufzte. „Was, wenn ich etwas falsch mache? Wenn ich Ami mit dem richtigen Ritual vielleicht heilen kann, kann ich sie dann mit dem falschen ...“

Umbringen wollte Lina sagen. Doch sie wagte es nicht, diesen Gedanken auszusprechen.

Carolin legte die Hand auf Linas Arm. „Was würde Ami jetzt sagen, wenn sie hier säße?“

Lina pustete eine vorwitzige Locke weg, die über ihrer Nase baumelte. „Hab Vertrauen in dich, Lina, und hör auf deine innere Stimme! Das würde sie wohl sagen.“

„Und was sagt dir deine innere Stimme?“

„Dass ich dieses Ritual durchführen muss.“

„Worauf wartest du dann noch?“

Einen Moment zögerte Lina, doch dann öffnete sie Amis geheimnisvollen Holzschrank, in dem reihenweise beschriftete Gläser standen. Lina nahm ein Glas mit der Beschriftung „Zerstoßene Knochen", eins mit „Insektenlarven", eins mit „Wurzeln" und eins mit „Spinnenbeine" heraus und stellte sie auf den Tisch. Beim letzten Glas stieß Carolin einen spitzen Schrei aus. „Lina, bitte, keine Spinnen! Du weißt doch genau, ich hab eine Riesenpanik vor diesen Tieren."

Doch Lina ließ sich nicht beirren. „Die sind alle tot, Caro, und jetzt sei bitte still!"

Sie zog die Vorhänge zu. Als alles dunkel war, nahm sie zwei Tücher aus einer Schublade. Sie waren blutrot, hauchdünn und mit feinen Goldfäden durchwoben. Aus einer anderen Schublade holte sie mehrere blutrote Kerzen. Dann breitete sie ein Tuch auf dem Küchentisch aus, stellte die Kerzen drum herum auf und zündete sie an. Mit einem Mal war der ganze Wohnwagen in blutrotes Licht getaucht.

Carolin betrachtete Linas Gesicht. Die Freundin verzog keine Miene. Hoch konzentriert schraubte sie nun ein Glas nach dem anderen auf, kippte kleine Häufchen auf den Tisch, sodass sie einen Kreis bildeten. In die Mitte des Kreises legte sie behutsam die Harissuma-Blüte. Sie packte das Tuch an den vier Enden, schüttelte den Inhalt kräftig durch und flüsterte dabei einen Spruch. Anschließend breitete sie das Tuch wieder auf dem Tisch aus. Die vielen Häufchen hatten sich zu einem einzigen vermischt, die Blüte lag daneben. Lina stützte ihren Kopf auf dem Ellbogen ab und starrte wie gebannt darauf.

Carolin platzte schier vor Spannung. „Und?", fragte sie nach ein paar Minuten. „Spürst du was?"

Lina hob den Kopf. „Nichts. Es tut sich gar nichts." Verzweifelt starrte sie wieder auf das Tuch. „Es hat nicht geklappt."

„Vielleicht hast du was falsch gemacht?"

Lina schüttelte den Kopf, sie war den Tränen nahe. „Ich habe mich Schritt für Schritt an das beschriebene Heilungsritual gehalten."

„Vielleicht hast du was vergessen? Check alles noch mal ganz genau!"

Lina hielt den Zettel an die Kerze und ging das gesamte Ritual noch einmal durch. „Nein, ich hab alles richtig gemacht."

Carolin warf einen besorgten Blick auf die Blüte. „Schau mal, sie zieht sich immer mehr zusammen."

„Es muss an der Blüte liegen", überlegte Lina laut.

„Wie kommst du darauf?"

„Die anderen Zutaten hab ich fertig zubereitet aus Amis Schrank geholt, da kann ich nichts falsch machen. Bleibt also nur die Harissuma."

Nachdenklich nahm Carolin die Blüte vom Tuch und strich mit einem Finger ganz behutsam über die Blütenblätter. „Aber was war falsch?"

Lina schaute in das unruhig flackernde Licht der Kerze. „Alles andere ist zerdrückt oder zerstoßen."

„Stimmt", pflichtete ihr Carolin bei. „Das ist es! Vermutlich musst du die Harissuma auch zerkleinern."

Lina sah auf. In ihren Augen spiegelte sich nun der tanzende Feuerschein der Kerze. „Klar! Die Harissuma muss sich mit den anderen Zutaten vermischen."

„Also, alles noch einmal von vorn?"

Lina nickte. Geschwind schüttete sie das große Häufchen, das auf dem Tuch lag, in ein Glas, verschloss es und stellte es zurück ins Regal. Dann öffnete sie die Wohnwagentür und schüttelte das Tuch so lange aus, bis kein Körnchen mehr darin war.

Carolin pustete indes ganz vorsichtig die Blütenblätter der Harissuma sauber. „Wenn ich mir vorstelle, dass ich zerstoßene Knochenreste und Spinnenbeine abkratze!“ Sie schüttelte sich.

„Denk nicht, beeil dich lieber!“, meinte Lina. „Bleibt nur noch eine Frage.“

„Welche?“

„Wie zerkleinern wir sie? Zerpflücken, zerstoßen?“

„Wir könnten sie aufkochen, als Tee nehmen und darüber verteilen“, schlug Carolin vor.

Doch Lina hatte im Moment keinen Sinn für Humor. „Sehr witzig! Ernsthaft, was meinst du?“ Sie zeigte auf die Kerzen, die schon fast abgebrannt waren. „Wir müssen uns beeilen!“ Während Carolin noch angestrengt überlegte, fuhr Lina fort: „Harissuma ist eine Blüte. Sie lebt. Zerstoßen kann man nur das, was trocken ist.“

Bewundernd sah Carolin die Freundin an. „Klar, du hast Recht, also müssen wir sie zerpflücken.“

Doch Lina schien zu zögern.

„Was ist denn?“

„Sie ist die einzige Blüte, die ich habe. Wenn ich sie jetzt zerpflücke und das ist nicht richtig, was dann?“

Carolin sah sie entschlossen an. „Das Risiko musst du jetzt eingehen.“

„Also gut.“ Lina konzentrierte sich. Dann breitete sie

das Tuch von neuem auf dem Tisch aus und kippte wieder aus jedem Glas kleine Häufchen darauf, bis sie einen Kreis bildeten. Sie holte tief Luft und sah Carolin an. Die nickte ihr aufmunternd zu. Ganz vorsichtig nahm Lina nun die Blüte in ihre Hand, zupfte ein kleines Stück nach dem anderen ab und legte es jeweils in den Kreis. Sie fasste das Tuch wieder an allen vier Enden, schüttelte den Inhalt kräftig durch und flüsterte dabei den Zauberspruch. Danach breitete sie das Tuch auf dem Tisch aus. Wie zuvor stützte sie ihre Ellbogen auf dem Tisch ab und starrte wieder wie gebannt auf das Tuch. Nichts tat sich! Genau wie vorhin. Carolin wollte gerade seufzend aufstehen, als Lina plötzlich zu murmeln begann. Wieder und wieder. Worte, die Carolin nicht verstand. Urplötzlich packte Lina das zweite Tuch, wedelte damit über den Tisch und schloss die Augen. Sie keuchte heftig. Ihr Atem wurde immer schneller. Wieder flossen unverständliche Worte über ihre Lippen. Auf einmal schüttelte sie wie wild ihren Kopf hin und her. Ihre dunklen lockigen Haare wirbelten durch die Luft, ihre Ohrringe klimperten laut. Schneller und schneller. Es schien, als geriete sie in Trance. Carolin krallte sich an der Tischkante fest. Es war unheimlich, die Freundin so zu sehen. Der Anblick jagte ihr eine Gänsehaut über den Rücken. Mit einem Mal wurden Linas Bewegungen langsamer. Dann plötzlich schien sich ihr ganzer Körper aufzubäumen. Schließlich sackte sie zusammen. Wie ein nasser Sack hing sie über dem Tisch, die Augen geschlossen. Dicke Schweißperlen standen auf ihrer Stirn.

Nach einer Weile tippte Carolin der Freundin vorsichtig auf die Schulter. „Lina?"

Nichts.

„Lina?"

Es dauerte ein bisschen, bis Lina die Augen öffnete. Ein Ruck ging durch ihren Körper. Sie nahm das Tuch, mit dem sie zuvor gewedelt hatte und deckte das andere damit ab.

„Lina?"

Carolins Stimme schien sie allmählich aus ihrer Trance zu holen. Langsam drehte sie den Kopf. Ihr Blick war seltsam.

„Lina, sag doch was!"

Lina schüttelte den Kopf, als müsste sie ihre Gedanken in die richtige Reihenfolge purzeln lassen. Nach einer Weile öffnete sie den Mund.

Carolin hielt die Luft an. „Lina, sag doch was!"

Da grinste Lina breit. „Mann, hab ich jetzt einen Kohldampf."

Carolin boxte die Freundin in die Seite. „Witzbold. Was war? Was ist passiert?"

Lina wischte sich mit der Handfläche über die Stirn. „Es war so merkwürdig, Caro."

Carolin glühte vor Neugier. „Was denn? Erzähl schon!"

Lina versuchte sich zu sammeln. „Ich war durcheinander. Mir war heiß, aber im selben Moment eiskalt. Einen Augenblick lang hatte ich tierische Schmerzen, als ob jemand ein Messer in meiner Brust umdrehen würde, im nächsten Moment fühlte ich mich unglaublich sicher und behütet. Es war ... unbeschreiblich." Während sie erzählte, füllte sie das Häufchen, das auf dem Tuch lag, in ein Gefäß, pustete die Kerzen aus und packte alles zurück in den Schrank. Carolin öffnete die Vorhänge und auch gleich das Fenster.

Da hörten sie plötzlich eine Stimme aus Amis Schlafzimmer: „Lina? Carolin?"

Die beiden sahen sich kurz an, dann stürzten sie zu Ami.

„Ich habe eure Stimmen gehört. Was macht ihr denn hier?" Ami blickte erstaunt umher. „Und warum liege ich am helllichten Tag im Bett?"

Aus Linas Augen kullerten Tränen der Erleichterung. Eine Träne nach der anderen, sie versuchte nicht sie zurückzuhalten. Zitternd kniete sie vor Amis Bett und nahm ihre Hand. „Ami, meine liebe Ami", stammelte sie. „Du bist wieder aufgewacht! Wie geht's dir?"

Amis Augen leuchteten warm und herzlich. „Wie soll's mir schon gehen? Wie immer natürlich." Verwundert wischte sie Lina die Tränen von der Wange. „Warum weinst du denn, Lina, ist etwas geschehen?" Ami versuchte aufzustehen und stöhnte ein wenig. „Oh, mein Kreuz. Es schmerzt, als hätte ich tagelang rumgelegen. Ja, ja, das Alter!" Energisch stand sie auf. „Raus Mädels, ich will mich anziehen!"

Lina zog die Schlafzimmertür hinter sich zu. „Sie erinnert sich nicht, Caro!"

Carolin nickte. „Sie hat offenbar überhaupt keine Ahnung, was vorgefallen ist."

„Was meinst du, sollen wir es ihr sagen?", flüsterte Lina und sah Carolin mit großen Augen an.

„Ich weiß es nicht", flüsterte Carolin zurück.

Da ging die Schlafzimmertür auf und Ami kam in den Wohnraum. Sie sah aus wie immer. Sie trug einen weiten, geblümten Rock und eine altmodische Bluse. Über ihr wildes graues Wallehaar hatte sie ein Tuch gebunden und ihr von zahlreichen Falten durchzogenes Gesicht hatte wieder eine gesunde kräftige Farbe. Ami lächelte. „Und jetzt möchte ich erst mal einen Jasmintee trinken."

Freudig erklärte Lina: „Den mach ich heute mal."

Ein paar Minuten später duftete es im ganzen Wohnwagen nach Jasmin und Lina stellte Ami eine große Tasse Tee hin. „Danke, mein Kind." Ami schnupperte erst mal daran, als würde sie Wein trinken und wollte das Aroma des Weins in sich aufsaugen. Nach einer Weile nahm sie einen klitzekleinen Schluck, den sie lange im Mund hin- und herbewegte, bevor sie ihn hinunterschluckte. Dann stellte sie die Tasse weg, zog Lina an sich und drückte ihr einen Kuss auf die Stirn. „Das hast du sehr gut gemacht, Lina. Ausgezeichnet. Den perfekten Jasmintee zu kochen ist eine äußerst schwierige Angelegenheit. Das musst du im Blut haben." Sie griff wieder nach der Tasse. „Dieser Tee, den du gekocht hast, kommt meinem sehr nahe." Sie trank noch einen Schluck. Dann schnupperte sie erneut in die Luft. „Ich rieche aber noch einen anderen Duft hier. Einen sehr, sehr seltenen Duft."

Carolin und Lina warfen sich erstaunte Blicke zu.

„Ich rieche den Duft der Harissuma-Blüte", sagte Ami und schaute Lina einen Augenblick lang wissend an. „Ich fühle, meine liebe Lina, du wirst eines Tages meine Nachfolge als Heilerin antreten. Und ich fühle auch, dass ich sehr stolz auf dich sein werde!"

Die Entscheidung

In diesem Jahr schien es, als wolle die Sonne den Winter einfach nicht Einzug halten lassen. Carolin freute sich sehr, dass es Anfang Dezember noch sonnig und mild war. Denn so bot sich ihr oft Gelegenheit, mit Sternentänzer auszureiten. Und mit Nick, was sie schon sehr lange nicht mehr getan hatte. „Yieppiehhh!" Sie jagte auf Sternentänzer voran, Nick auf Marhaba hinterher. „Los, Sternentänzer!", feuerte sie ihn an und beugte sich über den Pferdehals. Der Hengst galoppierte schneller und schneller und seine lange, dichte schneeweiße Mähne wehte ihr ins Gesicht. „Juhuhuhuhu!"

Sie galoppierten durch den Wald, den schmalen Weg zwischen Birken und Haselnusssträuchern entlang bis zu dem kleinen See, auf dem sonst um diese Jahreszeit schon eine dicke Eisschicht lag. Dann durchquerten sie den Buchenwald und bogen kurz darauf in einen Feldweg ein. Carolin gab das Tempo vor. Es war herrlich, einfach nur so darauf loszureiten. Ohne Pulsschläge zu zählen, ohne auf die Atmung zu achten. Einfach nur den

Ritt auf Sternentänzer zu genießen. Als der Weg breiter wurde, ließen Carolin und Nick die Pferde am langen Zügel nebeneinander im Schritt gehen. Es war ruhig, nur der Bach machte ein paar glucksende Geräusche und ab und an krächzte ein Rabe.

„Wenn du weiterhin so trainierst, komm ich dir bald nicht mehr nach“, japste Nick in die Stille.

„Hm“, machte Carolin nachdenklich und legte ihre Hände auf ihre Wangen, die vom Wind ganz kalt waren und kribbelten.

„Bist du noch enttäuscht, weil du das Turnier nicht gewonnen hast?“

„Nee, nicht mehr“, meinte Carolin. „Natürlich war es ein Schock, dass ausgerechnet Julia gewonnen hat, aber sonst ...“

„Das nächste gewinnst du. Und das übernächste und das ...“

Carolin schaute Nick ernst an. „Und wenn ich das gar nicht will?“

„Was?“

„Wenn es mir nichts bedeutet, Turniere zu gewinnen, Sternentänzer Zöpfchen zu flechten, mein Zimmer mit Schleifen oder Urkunden zu behängen.“ Carolin versuchte ihre Nase zu bewegen, die auch kalt war.

Nick hielt Marhaba an. „Wie bitte? Ich dachte, es wäre dein größter Traum, eine erfolgreiche Turnierreiterin zu werden?“

Carolin schüttelte den Kopf. „Der Preis ist so hoch, Nick. Wenn ich nur an den schmierigen Rüdiger denke. Alle interessieren sich für Sternentänzer und dann kommt sein Geheimnis noch raus. Ich überlege schon seit Wochen, ob ich das Training nicht abbrechen soll."

Nick setzte Marhaba wieder in Bewegung. „Dann solltest du das aber schleunigst Gunnar mitteilen! Kurz nachdem Timo weg war, hat er nämlich von Eschenbach angerufen und die beiden suchen nun gemeinsam einen neuen Trainer für dich."

„Ach Nick, ich glaub, das bring ich nicht übers Herz! Gunnar braucht doch das Geld und von Eschenbach wäre total enttäuscht von mir", antwortete Carolin und trieb Sternentänzer zu einem leichten Trab an.

„Carolin Baumgarten!", brüllte ihr Nick lauthals hinterher. „Du kannst doch nicht etwas machen, wozu du keinen Bock hast! Nur um anderen einen Gefallen zu tun!" Er trabte mit Marhaba auf Sternentänzers Höhe und zupfte an Carolins Jacke. „Du gehst jetzt gleich zu Gunnar und sagst ihm, was Sache ist! Versprochen?"

Carolin seufzte. „Aber ich will nicht schuld sein, wenn Gunnar wieder Probleme mit der Bank bekommt."

„Erstens ist Gunnar ein erwachsener Mensch, der seine Probleme selber lösen muss und zweitens ist Lindenhain inzwischen genügend bekannt. Wir sind das nächste halbe Jahr fast ausgebucht. Darüber musst du dir also keine Gedanken machen."

Carolin schielte skeptisch zu ihm hinüber. „Meinst du echt?"

„Wenn wir zurückkommen, gehst du sofort zu Gunnar, versprochen?"

„Versprochen! Und jetzt ..." Carolin schnalzte mit der

Zunge und preschte mit Sternentänzer im Galopp davon, „wollen wir doch mal sehen, wer schneller ist!“

Nach dem Ritt mit Nick führte Carolin Sternentänzer in den Stall. Sie rieb ihn trocken, kratzte seine Hufe aus und gab ihm zur Belohnung eine Hand voll Leckerli. Sternentänzer verschlang sie mit einem Haps. „Na, du Leckermaul“, flüsterte Carolin und strich sanft durch seine helle Mähne, während der Hengst seine Nüstern an ihrer Schulter rieb. Eine Weile blieb Carolin einfach so neben ihm stehen. Den Kopf an sein warmes Fell gelehnt, genoss sie es, bei ihm zu sein.

Auf einmal öffnete sich die Tür zum Stall und eine Schar Kinder strömte quatschend und kichernd herein. Dann machten sie offenbar eine Strohschlacht und stießen sich gegenseitig so heftig in die Pferdeboxen, dass es laut krachte. Carolin steckte den Kopf aus Sternentänzers Box. „Könnt ihr bitte etwas leiser sein? Das wäre sehr nett von euch. Die Pferde brauchen nämlich ein bisschen Ruhe, sonst werden sie nervös!“

Im Nu stand die Kinderschar bei Carolin und spähte interessiert in die Box zu Sternentänzer.

„Ist das dein Pferd?“, fragte ein Junge. „Kann ich es mal streicheln?“, ein anderer und hatte Sternentänzer schon an den Flanken berührt. Sternentänzer machte einen kleinen Satz zur Seite, an der Stelle war er besonders empfindlich.

„Ihr müsst die Pferde vorsichtig berühren“, ermahnte

Carolin den Jungen streng. „Obwohl es große Tiere sind, sind sie doch sehr verletzlich!“

„Darf ich es mal füttern oder reiten?“, fragte da schon ein Dritter. Ein Vierter fragte erst gar nicht lange, sondern hielt Sternentänzer einfach etwas vors Maul. Carolin sah, dass Sternentänzer kaute und schoss herum. „Was hast du ihm da gegeben?“

Der kleine Übeltäter guckte sie mit großen Augen frech an. „Nichts.“

„Ich hab's doch gesehen.“

„Nichts“, wiederholte er und die anderen kicherten im Chor.

Carolin beugte sich zu ihm, sie war sauer. „Hör mal, du kannst einem Pferd nicht einfach irgendetwas zu fressen geben. Damit kannst du ihm sehr wehtun. Also, was hast du Sternentänzer gegeben?“

Der Junge schob seine Unterlippe vor und machte weiter auf Unschuldsengel. „Och, nur 'ne Karotte, glaub ich.“

Langsam wurde Carolin wütend. „Ich weiß genau, wie es sich anhört, wenn Sternentänzer eine Karotte knackt und das war keine. Also, was war es?“ Sie hasste es, wenn ein Fremder Sternentänzer fütterte. Panik ergriff sie. Sie sah Sternentänzer schon vor sich mit aufgeblähtem Bauch, mit Schaum vorm Mund, wie er sich schmerzvoll am Boden wälzte ...

„Scho-ko-la-de, Scho-ko-la-de“, rief der kleine Frechdachs nun und sauste wie der Blitz davon. Die anderen stürmten kichernd hinterher.

Genug! Basta! Wild entschlossen stiefelte Carolin zum Haupthaus.

„Gunnar?“

„Was gibt's?“ Gunnar stand im Gemeinschaftsraum, wo er wieder einmal seine Popcornmaschine ratlos betrachtete. In der Hand hielt er eine Gebrauchsanweisung, die so dick wie ein Lesebuch war. „Ich versteh einfach nicht, warum das olle Ding nicht funktioniert!“, brummte er.

„Wie ist eigentlich die Lage auf Lindenhain?“

„Was meinst du damit?“, murmelte Gunnar ohne aufzusehen.

„Finanziell.“

Gunnar drückte einen weißen Knopf und wartete. Nichts. „Ganz gut! Wenn ich nur wüsste, was ich falsch mache?“

Carolin holte tief Luft. „So gut, dass ich mit dem Training aufhören kann?“

Jetzt legte Gunnar seine Gebrauchsanweisung zur Seite. „Hast du denn keine Lust mehr?“

Carolin senkte verlegen den Kopf. „Nicht wirklich.“

„Ich habe mit von Eschenbach bereits gesprochen, er will dir einen neuen Trainer schicken. Wenn es wegen Timo ist, mach dir keine Sorgen, der taucht hier bestimmt nicht mehr auf.“

Carolins Blick schweifte zum Fenster. „Es ist nicht wegen ihm, Gunnar. Lindenhain hat sich so verändert in den letzten Monaten.“

„Puh!“ Gunnar schob seinen Cowboyhut zurück. „Was soll ich sagen, Caro? Ich bin ziemlich froh, dass es so prima läuft und viele Buchungen reinkommen, das kannst du dir ja vorstellen. Finanziell sind wir so aus dem

Schneider." Gunnar blickte sie ernst an. „Und wenn du keine Lust mehr hast zu trainieren, dann lass es, Caro!"

Carolin atmete erleichtert auf. Ein Stein fiel ihr vom Herzen.

„Und weißt du was?" Er klopfte gegen die Maschine. „Dieses blöde Teil werd ich wohl demnächst auch wieder wegbringen."

„Es lebe der Gummibärchenautomat!", jubelte Carolin.

Da klingelte das Telefon. Gunnar ging ran und Carolin lief nach draußen, hinüber zum Tümpel und guckte in das graubraune Wasser. *Ist meine Entscheidung richtig? Oder gebe ich grad der Chance meines Lebens einen Tritt in den Hintern?* Sie seufzte. *Warum ist es nur so schwierig, Entscheidungen zu treffen? Warum gibt es keine Gebrauchsanweisung dafür? Warum gibt es nicht immer nur eine einzige richtige Lösung?* Carolin ging in die Knie und strich mit den Fingern durch das Gras am Tümpelrand. Es kitzelte ein wenig. Auf einmal stoppte ihre Hand bei einigen Kleeblättern. Als sie genauer hinsah, entdeckte sie ein Vierblättriges. Behutsam pflückte sie es und legte es in ihre Hand. *Ein vierblättriges Kleeblatt mitten im Fast-schon-Winter. Das ist ein Zeichen. Ganz eindeutig ein gutes Zeichen. Und vielleicht auch eine Antwort auf meine Frage? Nein, nicht vielleicht. Sicher, ganz sicher sogar!*

In diesem Moment spürte Carolin eine Hand auf ihrem Rücken. Es war Lina. Wortlos beugte sie sich zu Carolin hinunter und drückte ihr einen dicken Kuss auf die Wange. „Danke, danke, danke“, wiederholte sie immer wieder. „Du bist die allerallerbeste Freundin der Welt. Du hast deinen Turniersieg und sogar Sternentänzers Geheimnis riskiert um meiner Ami zu helfen. Das werde ich dir in meinem ganzen Leben nie, nie, nie, nie vergessen!“

Carolin lächelte. Linas Worte taten ihr so unendlich gut. „Wie geht es Ami denn?“

„Sie ist wieder ganz die Alte“, strahlte Lina glücklich.

Carolin sah Lina nachdenklich an. „Weißt du, was ich gerade überlege?“

„Was denn?“

„Sternentänzer hatte am Ende doch Recht.“

„Womit?“

„Mit dem Turniersieg. Alles ist genau so passiert, wie es in meiner Vision war. Obwohl ich das Schicksal in meine Hand genommen und alles getan habe, um es zu wenden. Ich habe so hart trainiert.“

„Hm.“ Lina hob einen kleinen, flachen Stein auf und schnippte ihn über das Wasser. „Wenn das mit Ami nicht dazwischengekommen wäre, hätte es ja vielleicht auch geklappt und du hättest gewonnen.“

„Vielleicht. Vielleicht auch nicht!“ Carolin seufzte. „Kann sich Ami denn inzwischen daran erinnern, was war?“

„Kein bisschen.“ Lina grinste. „Aber ich glaube, der kleine Rabe petzt.“

„Wie das denn?“

„Das Mistvieh hockt ständig in Amis Zimmer auf der

Truhe, in der ich das Heilungsritual gefunden habe, und schlägt ganz aufgeregt mit den Flügeln."

„Hast du den Zettel denn schon dorthin zurückgelegt?", erkundigte sich Carolin.

Lina schüttelte den Kopf. „Noch nicht. Wann denn?"

„Verlier den bloß nicht! Das ist kein Einkaufszettel, Lina!"

„Jajaja." Lina nickte lässig.

„Wer weiß, was passiert, wenn der in falsche Hände gerät!"

„Ach was!", wischte Lina Carolins Bedenken weg.

Wenig später hockte Carolin zu Hause an ihrem Schreibtisch, blickte erst auf Sternentänzers Bild in dem silbernen Rahmen, dann auf das Kleeblatt, das sie wie eine Blume in ein Glas Wasser gestellt hatte. Unentschlossen nagte sie an einem Stift. *Wie sag ich es ihm? Wie fange ich nur an?* Carolin holte tief Luft und schrieb: *„Lieber Herr von Eschenbach! Zuerst einmal will ich mich bei Ihnen bedanken. Sie haben mir und Lindenhain in einer sehr schwierigen Zeit geholfen. Sie waren unser rettender Engel und das werden wir Ihnen niemals vergessen. Es war auch ein tolles Gefühl, dass Sie mich für ein großes Reittalent hielten und mich fördern und auf Turniere schicken wollten. Anfangs fand ich es auch sehr spannend, mit Timo zu trainieren. Dann hat er sich aber so total unfair verhalten, Sie wissen ja von Gunnar, was er getan hat."* Carolin setzte ab und las die Zeilen durch, die sie gerade geschrieben hatte. Sie nickte zufrieden. „*Ich habe in den letzten Tagen sehr viel nachgedacht und einen Entschluss gefasst: Ich möchte nicht mehr weiter mit Sternentänzer trainieren. Ich will einfach nur mit ihm ausreiten und Spaß haben so wie früher, ohne den ganzen Rummel. Ich glaube, ich bin auch gar nicht das große Talent, für das Sie mich halten. Nochmals vielen Dank für alles, was Sie für mich und für Lindenhain getan haben. Ich hoffe, Sie sind mir nicht böse. Viele Grüße Carolin Baumgarten.*“

Carolin überflog ihren Text noch einmal, dann faltete sie das Blatt zusammen, steckte es in einen Umschlag und klebte ihn zu.

So, das war's mit meiner Turnierkarriere. Und mit Sternentänzers Karriere als Turnierpferd. Gut so! Denn Sternentänzer ist viel zu außergewöhnlich um ein normales Turnierpferd zu sein! Sie schlüpfte in ihre Jacke, kramte in Ines' Schreibtisch nach einer Briefmarke und machte sich gleich auf zur Post. Als der Brief in dem gelben Schlitz verschwunden war, lehnte sie sich einen Moment gegen den Briefkasten und atmete tief durch. Und mit einem Mal fühlte sie sich so frei und leicht wie schon lange nicht mehr.